www.mayabook.co.kr

www.mayabook.co.kr

www.mayabook.co.kr

www.mayabook.co.kr

지은이 | 글작소
펴낸이 | 권순남
펴낸곳 | (주)마야 · 마루출판사

등록 | 2008. 1. 7(제310-2008-00001호)

초판 인쇄 | 2012. 11. 23
초판 발행 | 2012. 11. 28

주소 | 서울시 노원구 상계 1동 1049-25 신영산업 BD 602호
대표전화 | 02-2091-0291
팩스 | 02-2091-0290
이메일 | marubooks@hanmail.net

ISBN | 978-89-280-0849-0(세트) / 978-89-280-1013-4
정가 | 8,000원

잘못된 책은 교환하여 드립니다.
저자와 협의하여 인지를 붙이지 않습니다.

포교

捕校

글작소 신무협 장편소설

6

MAYA & MARU ORIENTAL STORY

마루&만야

표지

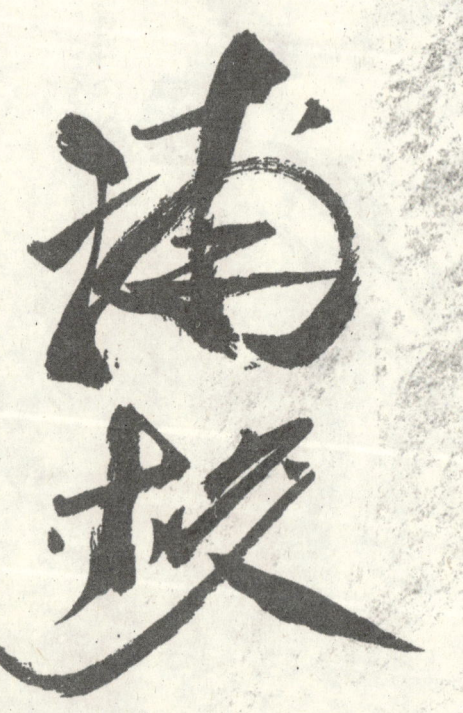

목차

제66장. 추억을 피로 포장하다 …007
제67장. 근원을 찾다 …029
제68장. 누명 …049
제69장. 과거의 인연을 피 위에서 만나다 …073
제70장. 대부분이 모르는 과거 …093
제71장. 새로운 초인의 등장 …115
제72장. 군자지도(君子之道)를 가르치다 …141
제73장. 이상한 학사 …169
제74장. 서재를 맡다 …199
제75장. 방문을 빋다 …219
자투리 하나. 가람검과의 인연 …237
자투리 둘. 사부가 줄행랑을 놓다 …265
자투리 셋. 아버지의 고통이 시작된 날 …289

· 본 작품은 창작 집단 (주)글바랑 소속 작가의 창작물입니다.

제66장
추억을 피로 포장하다

쏴아-

늦은 밤부터 쏟아진 비가 개봉을 적셨다.

왠지 모를 으슬으슬함에 잠자리에서 일어난 좌청이 밖으로 나섰다.

"응? 사… 형?"

좌청의 부름에 관아의 뜰에서 비를 맞고 있던 단리성이 뒤를 돌아봤다.

"……."

"뭡니까? 거기서 비는 왜 맞고 있는 겁니까?"

"동쪽… 혈운이다."

"혈운이라니… 피 구름 말이오?"

"그래, 누군가 지독한 마공이나 사공을 뿌려 대고 있다. 아니, 그냥 원한인지도 모르지만……. 여하간 이건 좋지 않아."

단리성의 말에 좌청이 방 안에서 검을 찾아 들고 나섰다.

"가 봅시다."

그렇게 나서는 좌청을 단리성이 막아섰다.

"가면 죽는다."

"예?"

"가면 죽는단 말이다. 내가 여기서 이러고 있는 이유가 뭐라고 생각했던 거냐?"

단리성의 말에 좌청의 눈이 커졌다.

"저, 정말이오?"

천하의 단천십자도객이다. 백도가 십자도의 살인마라 부르며 두려워하는 자가 바로 단리성이었다. 그는 십대고수에 이름을 올리고도 남았으나 스스로 거기에 끼길 거부한 절대자였다. 그런 그가 두려워하고 있었다.

"그래."

그렇게 비가 쏟아지는 새벽을 우포청 뜰에서 하얗게 새웠다.

단리성이 움직인 것은 해가 뜨고도 반 시진이나 지난 후였다. 그의 뒤를 정주에서부터 따라온, 포두와 포교 전원을 이끈 좌청이 따랐다.

직선으로 달린 단리성의 발걸음이 멈춘 곳은 폐쇄되었다는 개봉 좌포청의 관아였다.

금쇄(禁鎖), 두 글자가 붙은 문을 굵은 새끼줄로 칭칭 동여매 놓은 좌포청의 문은 단리성의 칼질 한 번으로 두 쪽이 났다.

그렇게 들어선 좌포청은… 피바다였다.

밤새 쏟아진 비에도 색을 잃지 않은 붉은 바다. 그 피 웅덩이에 가득한 시신들로 발 디딜 틈도 없는 좌포청 앞마당에 들어선 단리성 일행은 벌어진 입을 다물지 못했다.

"소속이… 백도맹입니다."

어느새 죽어 나자빠진 시신들을 살핀 한 포두의 보고에 좌청의 눈에는 당황이 들어서고, 단리성의 눈가가 슬쩍 찌푸려졌다. 한데 그런 단리성의 시선이 좌포청 한쪽 구석으로 돌려졌다.

"왜……?"

"인기척이다."

그 말을 던져 놓은 단리성이 도부터 꺼내 들었다. 그러고 나서도 크게 심호흡을 하고서야 걸음을 떼었다.

단리성이, 천하의 단천십자도객이 두려워하는 이가 바로 저곳에… 구석의 작은 건물 안에 들어 있는 것이다.

놀라서 멈춰 서 있는 좌청에게 한 포두가 작게 아뢰었다.

"일전에 살펴본 개봉 좌포청 배치도대로면, 저곳은 뇌옥

추억을 피로 포장하다 • 11

으로 쓰이던 곳입니다."

"뇌옥……."

잠시 중얼거리던 좌청이 도를 빼 들고 황급히 단리성의 뒤를 쫓았다. 그 뒤로 저마다 병기를 꺼내 든 그의 수하들이 따랐다.

뇌옥은 텅텅 비어 있었다. 그곳을 훑어본 단리성이 안쪽으로 길을 잡았다. 그를 따라 좌청과 그의 수하들이 움직였다.

삐이이걱-

기분 나쁜 음향을 남기며 문이 열리자 피 냄새가 훅 하고 풍겨 나왔다.

좌포청 뇌옥의 질척이는 피 냄새는 수도 없이 전장을 누볐던 좌청마저 코를 잡게 만들었다.

"흠……."

앞서 있던 단리성의 침음에 정신을 차린 좌청의 시선이 빠르게 취조실이었던 공간을 훑었다. 그리고…

"흐음……."

똑같은 침음이 좌청의 입에서도 흘러나왔다.

천정에 매달려 있는 것은… 고깃덩어리였다. 한데 그것은 아직 숨을 쉬고 있었다.

도대체 어떻게 해 놓은 것인지, 팔도 다리도 모조리 잘려 나간 데다 껍질까지 벗겨 근육을 고스란히 드러내고 있는,

한때는 인간이라 불렸을지도 모를 고깃덩어리가 여전히 숨을 쉬고 있었던 것이다.

그 고깃덩어리 옆엔 비교적 멀쩡한 사람이 매달려 있었다.

"패… 천도황……!"

단리성의 경악성은 앞선 침음보다 더 강한 충격으로 뒤에 서 있던 좌청의 뇌리를 때렸다. 놀란 좌청이 한 걸음 앞으로 나서며 단리성의 뒤로 바짝 붙었다. 단리성이 입구를 가로막고 선 탓에 안쪽이 잘 보이지 않았기 때문이었다.

그렇게 앞으로 나선 좌청의 눈 끝이 찢어져 파르르 떨렸다. 그의 시선이 닿은 곳에 정말로 패천도황이 매달려 있었기 때문이다. 그것을 확인한 좌청이 무엇인가를 물으려는 찰나, 단리성의 고개가 한쪽으로 돌려져 있다는 것을 깨달았다.

그 시선을 따라 좌청도 한껏 고개를 비틀었다.

"응?"

단리성의 시선이 머문 곳에 한 사람이 앉아 있었다. 고개를 숙이고, 구부정하게 몸을 숙인……. 그런데 그의 복장이…

"포교?"

붉은 단삼에 검은색 바지, 좌청 자신이 입은 것과 동일한 좌포청의 관복이었다. 그의 어깨에서 반짝이는 일화(一花)

추억을 피로 포장하다 • 13

매듭이 2개, 분명 포교다.

그런 그의 입이 열렸다.

"관인이 아닌 새끼가 출입할 수 있는 곳이 아니다."

그 말이 끝나기 무섭게 좌청이 뒤로 한 걸음 물러섰다. 하지만 그건 그의 의지가 아니었다. 바짝 붙어 있던 단리성이 흠칫 놀라며 움직인 까닭이다.

'뭐, 뭐야! 사형이 겁을 먹고 뒤로 물러서?'

이건 상대를 보기도 전에 도부터 꺼내 든 것보다 더 놀랄 일이었다. 천하의 마련주 앞에서도 고개를 빳빳이 드는 인간이 바로 단리성이었다. 패도마옹에게도 할 말 다해야 직성이 풀리는 인사다. 그런 사람이 단순한 음성에 겁을 먹고 물러섰다.

하지만 그건 좌청이 제대로 알지 못한 것이다. 음성에 실린 무시무시한 살기는 모조리 단리성에게 쏟아져 뒤로 새어 나가지 않았기 때문이었다.

그것이 화가 났다. 자신의 우상이, 자신의 자랑이 움츠러드는 것에, 또 그렇게 만든 자에게. 덜컥 사형을 밀치며 앞으로 나선 좌청이 사납게 외쳤다.

"놈! 무엄하… 허억!"

그건 사람의 눈이 아니었다. 흉포한 범의 것이었으며 먹이를 노리는 맹수의 것이었다. 순식간에 머리끝에서 발끝까지 소름이 돋고, 등 뒤로 식은땀이 흘렀다.

손끝 하나 움직이지 못하는 좌청을 쏘아보던 사내의 시선이 차츰 가라앉았다. 상대의 복색을 알아본 까닭이다.

"누구… 시오?"

물으면서 천천히 일어선다. 상대의 어깨에 놓인 삼화(三花) 매듭이 4개. 어사잡단의 계급을 알아본 듯했다.

"저, 정주의……."

상대의 눈빛에 너무 놀라 말을 더듬는 좌청을 대신한 음성이 뒤에서 울렸다.

"어사잡단이다."

어느새 신색을 회복한 단리성이 좌청의 곁에 서며 대신 답한 것이었다. 그런 단리성에게 사내의 시선이 향했다.

"관인… 이시오?"

"아니다."

쿵-

단박에 밀렸다. 언제, 어디서, 무엇이 날아온 것인지 몰랐지만, 무언가가 단리성을 강하게 치고 지나갔다. 순간적으로 만근추를 쓰고 호신강기를 둘렀지만 넘어오는 핏물을 막지는 못했다.

"우웩-"

피를 토하고 비척이며 물러선 거리가 반 장이다. 놀람, 경악, 분노가 마구 뒤섞인 눈을 들어 상대를 바라보았다. 한데…

사내의 눈과 마주친 단리성의 고개가 힘없이 수그러졌다.

두려웠다. 물어뜯길까 무서웠다. 그것은 맹수 앞에 선 먹잇감 같은 기분이었다.

'맞서면… 정말 죽는다!'

머리를 휘젓는 강렬한 경고가 단리성의 분노를 투쟁심을 꺾어 버렸다.

"무, 무슨 짓이오?"

반사적으로 좌청의 입에서 경악성이 튀어나왔다. 한데 그게 반공대다. 그도 충분히 겁을 집어먹었다는 반증이었다.

"관인이 아니면서 무공을 익힌 자… 믿을 수 없을 뿐입니다."

"어, 어찌 그런……"

편협한 가름이냐고 묻지 못했다. 그가 누구인지 짐작이 갔기에……. 한데 듣던 것과는 달랐다. 유쾌하고 가볍다던 평가와는 거리가 너무 멀었다.

그래서 확인을 해야만 했다.

"박… 포교?"

"예……"

"흐음… 많이 찾았었소. 아시오?"

좌청의 물음에 세영의 고개가 저어졌다.

"어디에 있었던 거요?"

"산속… 깊은 곳에……"

"어찌 되었든 이렇게 살아 있으니 다행이오."

"송구… 합니다."

동료들을 모조리 죽음으로 내몰고 살아남아서, 지켜 주지 못해서…….

"어찌 그런 말을……. 한데 다른 실종자들은……?"

"아직 가료 중입니다."

"다행이구려."

그들이 무사해서…….

"한데 왜 이들은……?"

좌청의 시선을 따라 흘깃 천장에 매달린 이들을 확인한 세영이 답했다.

"흉수입니다."

"흉수라면……?"

"좌포청의 변란에 관여한……."

뒷말을 모두 듣지 않아도 알 수 있었다. 백도맹의 입김이 작용했다는 뜻이리라.

"한데 이자는 누구이기에 이리……."

과하게 손을 썼냐는 말은 차마 할 수 없었다. 그가 잃은 이들을 알기에.

"남궁호리… 흉수들의 하나입니다."

내 여인의 목을 벤……. 그 말을 안으로 삼키는 세영의 마음을 알기라도 하는 걸까? 좌청의 서늘한 말이 이어졌다.

"하면 죽음을 내릴 것이지 살려 둔 이유가……?"

추억을 피로 포장하다 • 17

"죽음도 가벼운 처벌이기에……. 송구합니다."

포교는 잡아들이는 자이지 판결하고 집행하는 이가 아니다. 판결은 어사판관들의 일, 그 업무의 연장에 있는 어사잡단의 앞이기에 세영은 고개를 숙일 수밖에 없었다.

"잘했소. 내가 있었다면 사지를 찢어……."

말을 잇지 못했다. 이미 사지는 찢겨 나갔으니까.

"흐음… 여하간 잘했소. 하면 이자도……?"

묻는 음성에 걱정과 불안이 스며들었다. 상대가 패천도황인 까닭이다. 백도맹의 실세라거나, 강호의 거두라는 수식어는 필요 없다. 패천도황, 이 네 글자만으로도 충분히 위험한 사람이었으니까.

"죽일 겁니… 죽어 마땅한 자입니다."

"지은 죄는 그러하나 감당이……. 흐음……."

말이 끊어지고 침음이 흘렀다. 순간적으로 빛나는 세영의 눈빛에서 다시 일어서는 야수의 흉포함을 보았기 때문이다. 그건 막아서면 상대가 누구라도 그냥 두지 않겠다는 의지였다.

그런 사람에게 관과 강호의 상호관계니, 백도와 마도의 역학 관계니 하는 말은 통하지 않을 것이었다. 그렇기에 좌청의 안색은 어두웠다.

"필요하다면 살려 둘 거예요."

갑작스런 음성에 좌청과 단리성이 뒤를 돌아봤다. 그곳

엔 몇몇 인사들과 함께 들어서는 여인이 있었다. 한데 그 여자의 복장이…….

"시어사……? 아!"

지현을 알아본 좌청이 황급히 허리를 숙였다.

"어사잡단 좌청이 시어사를 뵙습니다."

"어사잡단……? 좌 장군은 병부의 사람으로 알고 있었는데 의외로군요."

"몇몇 불순한 무리들에 의한 사건이 있었기에 상부에서 특별히… 특히 시어사의 아버님께서 걱정이 크셨습니다."

좌청의 말에 지현의 안색이 어두워졌다. 아버지의 성정상 얼마나 노심초사했을지 눈에 선했기 때문이다. 하지만…

"지금은… 공무중입니다."

지현의 말뜻을 알아들은 좌청이 고개를 숙였다.

"송구합니다."

"별말씀을……."

서로 간의 인사가 끝나자 지현이 세영에게 말했다.

"어딜 가면 간다고 말이나 하고 가야죠!"

"…치료나 더 받지, 뭐하러 와?"

"혼자 둘 수 없으니까요."

"혼자서도 충분해."

"그럴지도……. 하지만 뒤통수에 눈이 달린 건 아니잖아요. 누군가는 뒤를 지켜 줘야죠."

"뒤는 무슨……. 근데 저 자식은 뭐하러 끌고 왔어?"

세영의 말에 고개를 돌렸던 지현이 빙긋이 웃었다.

"훈련이 끝났다고 해서요."

"정말이야?"

세영의 물음에 답한 것은 지현이 아니라 멋쩍은 웃음을 지은 막야였다.

"얼추……."

"얼추라면 아직 안 끝났다는 소리잖아?"

못마땅해하는 세영에게 막야가 황급히 고개를 저어 보였다.

"제 몫은 분명히 할 수 있습니다."

막야의 말에 세영은 더 이상 그가 따라온 것에 대해서 언급하지 않았다. 그런 세영에게 지현이 물었다.

"이자가… 남궁호리라고요?"

들어서면서 들었다. 하긴 세영도 감추고자 속삭인 말은 아니었으니까.

천장에 매달린 고깃덩어리를 가리키는 지현에게 세영이 고개를 끄덕였다.

"그래."

"어떻게 잡은 거예요?"

"개봉에서 빨빨거리고 돌아다니더군."

세영의 답에 지현이 혀를 찼다.

"죽여 달라고 광고를 한 셈이군요. 그럼 패천도황도……?"
"그 자식을 잡아서 가죽을 벗기고 있는데 쳐들어왔다."
"그럼 구하러……?"
"그건 아닌 모양이더라."

말끝에 세영이 시선이 좌청과 단리성을 향했다. 그 시선의 의미를 지현이 재빨리 알아차렸다.

"설마 저들을 제거하려고……?"
"뭔가 마음에 안 들었던 모양이지."

지현과 세영의 대화를 듣던 좌청과 단리성의 눈에 경악이 들어섰다.

"그, 그게 무슨 소리요! 저자가 우리를 노렸단 말이요?"

좌청의 물음에 세영이 패천도황을 바라보았다.

"직접 묻는 것이……."

그 말이 떨어지기 무섭게 좌청이 패천도황에게 돌아섰다.

"죄… 인에게 묻노니 거짓이 없어야 할 것이다."

좌청의 말에 매달려 있던 패천도황의 눈이 떠졌다. 그리고 깃드는 비틀린 미소…….

"…사실대로 말하면 편하게 죽여 줄 텐가?"

패천도황의 물음에 대한 답은 좌청이 아니라 뒤편에 서 있던 지현의 입에서 나왔다.

"살려 줄 겁니다."
"야!"

못마땅한 세영의 음성이 튀어나왔지만 지현은 흔들림이 없었다. 그런 그녀를 물끄러미 바라보던 패천도황이 피식 웃었다.

"악귀가 선녀에게 약하다니 의외로군."

저벅-!

한 발에 1장을 움직이는 세영을 지현의 팔이 가로막았다. 그런 지현의 시선은 여전히 패천도황을 향해 있었다.

"죽고 싶은 건 이해합니다. 수하는 모조리 죽이고 혼자 살아남는 것도 개망신일 테니까. 하지만 살려 드릴 겁니다. 그건 제 이름을 걸고 확약드리죠."

"너……?"

성난 세영의 음성이 뒤에서 들렸다.

"이건 개봉 좌포청의 시어사로서 하는 명입니다."

뒤도 안 돌아보고 하는 지현의 말에 세영의 입이 다물렸다. 마음에 들지는 않았지만 관인인 이상 상관의 명령으로부터 자유로울 수는 없었으니까.

잔뜩 인상을 구긴 세영이 물러서자 패천도황의 눈에 놀람이 어렸다. 정말로 물러설 것이라곤 믿지 않았었기 때문이다.

"정말… 이로군."

"어사는… 모사는 꾸며도 한 입으로 두말을 하진 않습니다."

관인이 아니라 어사다. 하긴, 거짓말을 가장 잘하는 부류 중 하나가 관인이니 그 이름을 댈 수는 없었을 터.

"살려 준다라……. 기쁜 일은 아니로군."

"살아야 가솔들을 살릴 수 있을 겁니다."

지현의 말에 패천도황의 눈에 살기가 돌았다. 그때였다.

팡-!

"커헉!"

무언가 그의 어깨를 치고 지나갔다. 부러진 쇄골이 살과 옷을 뚫고 튀어나왔다. 내력을 금제당한 탓에 그 고통을 고스란히 받아야 했던 패천도황의 입에서 비명 같은 신음이 흘렀다.

"상공!"

지현의 부름에 세영이 딴 곳을 쳐다봤다. 한데 호칭이…….

"사, 상공?"

놀라는 좌청의 음성에 지현의 얼굴이 살짝 붉어졌다. 그런 그에게 좌청이 물었다.

"호, 혼인하셨습니까?"

"혼인은 무슨… 지 맘대로 상공 운운하는 거지."

세영의 투덜거림에 지현이 그를 째려보았다. 그 시선에 말문을 닫은 세영은 슬그머니 물러섰.

혼인은 아닐지라도 분명 둘 사이에 무언가가 있다고 판단한 좌청이 난감한 표정이 되었다.

"시어사의 아버님께서 아시면……."
"이해하실 거예요."
 원래 저 사람을 바라보고 나선 것이었기에.
 하지만 그런 내용을 알지 못하는 좌청은 불안한 기색을 감추지 못했다. 시어사의 아버지, 유병충은 필요할 시에는 끝없이 잔혹해질 수 있는 성품이란 것을 잘 알고 있었기 때문이었다.
 그런 좌충의 불안감을 뒤로 물리고 나선 지현이 패천도황에게 물었다.
"다시 말하죠. 지금까지 드러난 죄만으로도 백도는 온전할 수 없어요. 뭐, 지금은 관부가 번잡하니 넘어갈 수도 있겠죠. 하지만……."
 슬쩍 고개를 돌려 어느새 구석에 웅크리고 앉아 있는 세영을 바라본 지현이 말을 이었다.
"저 사람은 그냥 지나치지 않을 거예요. 겪어 보았겠지만 괴물이죠. 돌아가신 시사부님의 진전을 그대로 이어받았거든요. 시험 삼아 산을 무너트리는 것도 보았는데……. 혹시 못 믿나요?"
 슬쩍 세영을 바라본 패천도황이 답했다.
"믿는다."
 너무나 쉬운 긍정에 좌청과 단리성은 놀란 눈빛을 감추지 못했다. 하지만 지현은 당연한 반응이라는 듯 씽긋 웃어 보였다.

"역시 이황이로군요. 그럼 살아야죠, 저이가 팽가로 찾아가기 전에 가솔을 도주시키려면....... 아닌가요?"

지현의 말에 패천도황의 고개가 힘없이 숙여졌다. 그런 그를 바라보던 지현이 좌청을 돌아봤다.

"다시 물으세요."

지현의 말에 좌청이 나섰다.

"다시 묻는다. 죄인은 숨김없이 고해야 할 것이다. 너희가 개봉에 온 것은 나를 치기 위해서였더냐?"

좌청의 물음에 패천도황이 고개를 들었다.

"정확히는 개봉 우포청을 쓸어버리는 것이었다. 너와 네 조사단 전체, 그리고 개봉의 조력자를 모조리 소탕하는 것이 임무였으니까."

"흐음......."

깊은 침음이 좌청의 입에서 흘러나왔다. 잠시 당황감을 추스르던 좌청이 물음을 이었다.

"하면 개봉 좌포청과 낙양 좌포청의 흉사도......?"

"백도맹을 욕보인 죄에 대한 대가였다."

"백도맹을 욕보여?"

좌청의 물음에 패천도황은 자신이 아는 일련의 내막을 숨김없이 털어놓았다. 그에겐 무너질 것이 눈에 뻔히 보이는 백도맹과의 의리를 지키는 것보다는, 자신의 가솔들을 한시라도 빨리 도주시켜야 한다는 생각뿐이었던 것이다.

패천도황의 말을 모두 들은 좌청이 지현을 바라보았다.

"어찌… 처리하실 요량이십니까?"

"잡단께서는 어찌하실 생각이십니까?"

오히려 되물어 오는 지현에게 좌청은 조심스럽게 답했다.

"황명을 받아 움직이는 관인을 공격했다는 것은… 모반입니다. 대역죄이니 구족을 멸하고 그들의 소굴을 파헤쳐 저수지로 만드는 것이 마땅하겠사오나……."

"…사오나?"

"당금의 관부 입장이……."

다수의 병력이, 아니 거의 대부분의 정예 병력이 카라코룸으로 몰려가 있었다. 오죽하면 무너지기 일보 직전이었던 남송과의 전선이 교착상태에 빠질 정도였다.

그런 상황에서 고수들이 가득한 백도맹과의 전쟁은 불가능했다.

그런 까닭에 뒷말을 흐리는 좌청에게 지현이 미소를 그려 보였다.

"무슨 말을 하고 싶은지는 압니다. 그렇다고 처벌을 미룬다는 것은 있을 수 없는 일. 개봉 좌포청이 이 일을 맡을 겁니다."

"하오나 개봉 좌포청은 이미……."

"비호대가 건재합니다. 대주를 비롯한 대부분의 포쾌가

복귀했으니까요."

지현의 말에 뒤편에서 어슬렁거리는 이들을 돌아보았다. 귀에 못이 박히도록 들었던 이들이다. 꿩마를 비롯해 철가방의 좌야장, 천중채의 전 채주, 거기다 하북삼흉과 살마까지.

그러고 보니 모조리 마도인들이었다. 하긴, 백도인들이 고개를 숙이고 관인을 하기란 쉽지 않겠지. 아, 아니다. 백도인들도 있다고 들었는데?

"저기… 십대고수가 두 명 합류했다고 들었습니다만……."

순간 좌청은 자신이 말실수를 했다는 것을 깨달았다. 그들이 남아 있었다면 패천도황이 이끄는 백도맹의 전력에 개봉 좌포청이 도륙당하는 일은 없었을 테니까.

아니, 그게 아니라도 충분히 느낄 수 있었다. 어슬렁거리던 이들 전체가 드러낸 그 흉포한 살기만으로도……. 그들이 배신했다는 것을.

"죄, 죄송합니다."

황급히 고개를 숙이는 좌청에게서 시선을 돌린 지현이 구석에 가만히 앉아 있는 세영을 바라보며 말했다.

"죄송할 건 없습니다. 당연히 몰랐을 테니까요. 하지만 이제 곧 알게 될 겁니다. 당가의 피로 강호인 모두가 알 수 있도록 그들의 죄를 써 줄 테니까요."

그 말이 끝나기 무섭게 세영이 자리에서 일어섰다.

추억을 피로 포장하다 · 27

"그럼 사천부터 가는 건가?"

"예, 일단 그곳부터 시작하죠."

지현의 답에 고개를 끄덕인 세영이 걸어 나가자 미풍이 일었다. 그리고…

퍅-

천장에 매달린 고깃덩어리에서 피가 튀었다. 이내 껍질이 벗겨진 남궁호리의 머리가 취조실의 바닥으로 굴러떨어졌다.

툭- 데구르르르……

천장에 매달린 채 그걸 바라보던 패천도황의 눈이 질끈 감겼다.

제67장
근원을 찾다

 당가의 비전절기는 누가 뭐라고 해도 만천화우다. 하늘을 가득 메우며 쏟아지는 암기 세례를 피할 수 있는 자는 아무도 없으니까. 펼쳐지기만 하면 대라신선도 피할 수 없는 죽음의 수법인 것이다.

 그로 인해 만천화우는 당가 최강 고수의 독문 무공이었다.

 하지만 50년 전에 그 관례가 깨졌다.

 대대로 당가의 최강 고수에게 내려오는 이름 당가암왕.

 당대의 당가암왕은 만천화우가 아니라 12개의 철환을 사용하였으니 말이다. 무공의 이름은 십오철환륜(十五鐵丸輪). 물론 그 이름을 아는 이들은 드물다. 사천당가에서조

차도…….

 그 십오철환륜은 대를 이어 나갔다. '철환신왕'이라고도 불리는 당홍, 당대의 당가암왕에게로.

 태상가주전을 돌아본 가주가 낮게 한숨을 쉬고 돌아섰다.
 "어찌… 예까지 오셨으면 만나 보시는 것이…….."
 자신을 수행해 온 장로의 말에 가주가 고개를 저었다.
 "아버님의 청정을 깨지 마시지요. 세가를 위해 은혜를 원수로 갚고 오신 분입니다."

 그 말을 알아들었기 때문일까? 장로가 입을 다물고 물러섰다. 그렇게 열린 길로 발길을 옮기려던 가주의 고개가 뒤로 돌려졌다.

 쾅-!

 거친 소음과 함께 벌컥 열린 방문으로 자신의 부친, 세상 사람들이 철환신왕이라 부르는 이가 모습을 드러냈다.
 "아버님!"

 갑작스런 등장이 놀랍긴 했지만 반가움이 더 컸다. 백도맹에서 돌아온 이래 몇 달 동안 태상가주전에서 한 걸음도 나서지 않던 부친이었기 때문이다.

 한데…….
 "도, 도주해라, 어서!"
 "무슨……?"

 말은 더 이상 이어지지 않았다. 반대편에서도 폭음이 울렸으니까. 문제는 그 폭음 뒤로 찢어지는 비명이 따라왔다는 것이다.

쿠왕-!

크아아악-

당황, 놀람, 그리고 곧바로 분노로 얼굴 표정이 바뀌어 가는 가주에게 당홍이 부르짖었다.

"속히 도망가라는데도!"

"아버님… 어찌?"

"그다, 고려무신!"

"하지만 그는 죽었다고……?"

"그건 알 수 없다. 하지만 이건 분명 그의 기척이다. 서둘러! 늦으면 살아남는 이는 없다. 가능한 많은 이들을 데리고 무조건 도주해!"

"어찌 당가가 적도에게 등을……."

"적이 아니다. 그는… 그는 복수자다. 그의 눈에 띄면 보두가 죽은 목숨이다. 서둘러라!"

그 말을 남겨 두고 당홍은 비명이 들려오는 곳을 향해 달렸다. 그런 부친을 따라 움직이려는 가주를 장로가 잡았다.

"무슨……?"

"도주하셔야 합니다."

"그게 무슨 가당치 않은!"

"가셔야 합니다. 정녕 그가 왔다면 도주하는 것도 쉬운 일이 아닙니다."

공포로 물든 장로의 눈을 보는 순간 떠올랐다. 그가 과거 자신의 부친과 함께 고려무신을 접해 본 사람임을……

머뭇거리는 가주를 강제로 끌며 장로가 황급히 움직였다.

그러는 사이 당홍이 도착한 곳에선 피가 낭자하게 흘렀다.

일격 필살, 한 번의 공격에 1명의 목숨이 사라졌다. 그렇다고 칼을 쓰는 것도 아니었다. 철환이 허공을 날아 움직일 때마다 당가의 무사들은 속절없이 쓰러졌다.

그 철환을 움직이는 이를 바라본 당홍의 입에서는 절망어린 침음이 흘렀다.

"흐음……"

그런 그를 발견한 침입자, 세영의 눈에서 불꽃이 튀었다.

이내 6개의 철환이 무서운 속도로 짓쳐 들었다. 그에 맞서 당홍의 품에서 일어선 철환이 허공을 날았다.

따다다다다당!

6번의 쇳소리, 그리고 서로 튕겨 나간 철환들.

이내 세영의 품에서 철환들이 추가로 날아올랐다. 수는 모두 10개, 마찬가지로 당홍의 품에서도 철환이 추가로 날아올랐다.

따다다다다당-

요란한 쇳소리가 허공을 메웠다. 무서운 속도로 종횡무진 허공을 누비는 철환들이 서로를 견제했다. 그러는 사이 철환의 수는 12개씩 도합 24개로 늘었다.

 그런 두 사람을 바라보는 당가 사람들은 혼란스러웠다. 갑작스런 침입자가 도대체 누구이기에 당가의 절기를 능숙하게 사용하는지 알 수 없었기 때문이다.

 한데 그 순간, 세영의 품에서 철환 3개가 추가로 날아올랐다.

 "흐음……."

 당홍의 입에서 무거운 침음이 흘렀다. 자신이 사용하는 무공, 십오철환류에 왜 '십오'가 들어가는지 그 이유가 드러난 까닭이다. 아쉬운 것은 자신은 아직 그렇게 할 수 없다는 것이었다. 그의 선친도, 자신도 고작 12개가 한계였으니까.

 그렇다고 속절없이 당할 수도 없는 노릇. 내력으로 철환을 움직이는 한편, 당홍은 폭우이화정을 꺼내 들었다. 내력 없이 사용할 수 있는 암기 중에서는 최강의 화력을 가진 것이기에……. 그것을 꺼내 들자마자 당홍은 벼락처럼 내던졌다.

 쉐에에에엑!

 무서운 속도로 날아가던 폭우이화정이 허공에서 멈춰 섰다. 그리고 허공을 나는 다른 철환들에 섞여 함께 움직이기 시작했다. 그렇게 세영은 16개의 암기를 허공에 띄워 놓고 무섭게 휘돌렸다.

그 놀라운 광경에 당홍의 입이 벌어졌다. 그사이 폭우이 화정은 당가 무사들이 모인 곳으로 날아갔다.

"피, 피해!"

당홍의 외침과 함께 폭음이 울렸다.

콰광!

당가 최강의 암기라는 이름값을 하듯 폭발과 함께 수백 개의 우모침이 쏟아져 나왔다. 피하고 말고 할 시간조차 없었기 때문인지 반경 5장 안에 있던 당가의 무사들이 무더기로 쓰러졌다.

눈을 부릅뜬 당홍이 이를 악물었다.

"이 악적!"

당홍의 외침에 세영의 입가에 비틀린 미소가 어렸다. 그 미소를 마주한 당홍의 눈에 당황이 스며들었다.

악적……. 자신은 상대를 그리 부를 수 없음을 알기에.

그 짧은 당황을 비집고 철환이 일제히 날아들었다. 놀란 당홍이 자신이 부리는 철환들을 다시금 불러들였지만 수가 모자랐다.

따다다다당-

요란한 쇳소리 속으로 파고든 3개의 철환이 당홍을 관통하고 지나갔다.

"크흡!"

비틀거리던 당홍의 무릎이 꺾였다. 동시에 허공에 떠 있던 12개의 철환이 바닥으로 떨어졌다. 방어막이 사라진 당홍을 향해 세영이 부리는 15개의 철환이 날아들었다.

짜드드드득-

무언가 부서지는 소음이 지나간 자리엔 피와 육편 무더기만이 남았을 뿐이었다. 그 뒤로 돌아온 철환은 세영의 신형을 중심으로 두고 무섭게 회전하기 시작했다.

십오철환륜에 '윤' 자가 들어가는 이유가 마침내 드러난 셈이다. 그대로 움직이는 세영을 향해 달려든 당가의 무사들은 무섭게 회전하는 철환으로 만들어진 윤에 걸려 분쇄되어 갔다.

그렇게 당가는 피로 채워지고 있었다.

다른 이들과 함께 당가 밖에서 기다리던 지현이 걱정스런 얼굴로 황렬에게 말했다.

"이렇게 기다리기만 하면 어떻게 해요, 도와야죠."

지현의 말에 황렬은 묵묵히 고개를 저었다.

"그의 복수니 개입할 수 없소. 그가 원하지도 않고."

"하지만 그러다 위험이라도 당하면……?"

"이곳에 그를 막을 수 있는 사람은 없소."

당홍? 그도 안 된다.

담운 선사가 남겨 준 능력을 이어받은 세영을 막아 낼 수는 없으니까. 아직 완벽한 건 아니라 섣부른 예상일 수도 있지만, 어쩌면 절대쌍웅조차 그를 막지 못할지도 모른다.

하지만 무인들의 일을 제대로 알지 못하는 지현은 걱정을 감추지 못했다.

"십대고수가 있다면서요?"

"상관없소."

"설마… 그가 십대고수를 이길 수 있다고 말하는 건가요?"

지현의 물음에 무언가 답을 하려던 황렬이 턱짓을 했다. 그에 고개를 돌린 지현의 시선에 당가의 문을 나서 이쪽으로 다가오는 세영의 모습이 보였다.

"왜… 벌써……?"

지현의 물음에 황렬은 작게 답했다.

"끝난 모양이오, 피의 잔치가……."

30장이나 떨어진 이곳으로 짙은 혈향이 풍겨 오고 있었다.

※　　※　　※

당가가 피에 잠긴 지 이틀. 함께 사천에 둥지를 틀고 있는 아미와 청성이 다수의 추적대를 풀었다. 시체와 피로 점철

된 당가를 확인한 백도의 두 문파는 흉수를 잡기 위해 눈에 불을 켰다.

두 문파의 고수들로 이루어진 수십 개의 추적대가 사천에서 빠져나가는 길목을 따라 무서운 속도로 이동하며 흉수를 수색했다.

하지만 그들이 찾는 흉수는 성도의 지척인 쌍류에 머물고 있었다.

사천의 무림인들을 담당하는 쌍류 좌포청의 포령은 잔뜩 굳은 얼굴로 두 상관에게 보고하고 있었다.

"청성과 아미의 추적대가 모든 길목을 막고 수색을 벌이고 있습니다. 두 문파 안에도 유사시 동원될 수 있는 무사 집단을 운용 중인 것으로 파악되고 있습니다."

포령의 보고에 어사잡단, 좌청이 슬쩍 지현을 바라보았다.

"어찌하시겠습니까?"

"어찌해야 할 것 같습니까?"

"그게……."

솔직히 발각당해도 위험할 거라는 생각은 들지 않았다. 그들은 천하의 당가를, 십대고수가 버티고 있던 그곳을 상처 하나 없이 반 시진 만에 도륙 낸 인사가 포함된 일행이었다.

그 탓에 구태여 자신과 동행한 단리성을 언급할 필요성

도 없었다. 게다가 단리성은 노골적인 백도와의 충돌에 우려를 느꼈는지 수동적으로 변해 버렸다.

 하긴 그는 마련의 중추인 마교의 고수였다. 그의 입장에서는 백도와의 충돌이 자칫 마도와 백도 간의 분쟁으로 변질될까 걱정될 테니 이해할 수 없는 것도 아니었다.

 "잡단께서도 황 포쾌와 같은 생각이십니까?"

 지현의 물음에 좌청이 반문했다.

 "황 포쾌가 뭐라고 했습니까?"

 "그냥 움직이잡니다."

 "흠… 그럼 박 포교는 뭐라 합니까?"

 "그는… 말이 없습니다."

 지현의 답에 좌청이 조심스럽게 말했다.

 "그럼 기다리지요. 그가… 박 포교가 무언가 결정을 내릴 때까지."

 그들이 머물 생각인 듯하자 쌍류 좌포청의 포령은 어두워지는 표정을 감추지 못했다.

 사부를 죽인 흉수였다. 자신에게 남은 또 다른 아비를 배신으로 죽인 작자였다. 그 죄를 물어 시체조차 보존하지 못하도록 만들었지만 가슴은 시원해지지 않았다.

 아니, 오히려 더 갑갑해졌다.

 "불구대천의 원수를 갚은 것인데 왜……?"

말처럼 드디어 원수를 갚은 것인데, 왜 이런 마음이 드는지 알 수가 없었다.

배신으로 얻은 이권으로 배를 불리던 놈들을 모조리 도륙 내었는데, 도대체 왜?

당가를 성으로 쓰는 놈들이라면 어른, 여자, 아이, 노인 할 것 없이 모조리 도륙했는데……

그 이유를 알 수 없었다. 그것이 세영의 마음을, 발길을 잡고 있었다.

쌍류 좌포청의 후원 한곳에 우두커니 앉아 있는 세영을 바라보던 이들 속에서 살마가 낮은 음성으로 말했다.

"심마다."

"뭐?"

"심마라고."

"저만한 고수가 무슨 심마!"

당장 거패의 반문이 따라왔지만 살마의 주장엔 흔들림이 없었다.

"심마가 경지를 따진다는 소리는 금시초문이다."

살마의 말에 거패의 입이 다물렸다. 하긴 과거 화경에 이르러서도 심마에 빠져 마인이 된 이들도 있었으니까. 그래도 의문은 남는다. 양후가 그걸 거론했다.

"그렇다 해도 외관상으로는 이상이 없어 보이는데……?"

"기의 움직임이 그래. 저건 분명 심마야."

확신을 갖는 살마에게 황렬이 고개를 저어 보였다.

"심마는 아니다."

"어째서?"

"저치, 내력을 안 써. 알잖아?"

"아!"

여기저기서 뒤늦은 깨달음이 따라왔다. 그런 이들에게 살마가 핀잔을 퍼부었다.

"심마가 내력을 따라오는 줄 알아? 심마가 왜 심마인데, 마음에 마가 끼기 때문이잖아."

"그래서, 지금 저치의 마음에 마가 끼었다?"

"주변을 둘러싼 기의 움직임이 그래."

일행 중 가장 앞선 이가 살마다. 굉마라 불렸던 황렬이 바로 그 뒤쯤. 생사결로 간다면 종이 한 장 차이다. 하지만 기감으로 따지면 황렬은 살마와 상대가 안 된다.

살수 출신인 살마의 기감은 황렬과는 비교할 수도 없이 뛰어났다. 그런 이가 거론하는 것이니 헛소리라고만은 할 수 없었다.

"정말… 이야?"

황렬의 물음에 살마가 고개를 끄덕였다.

"그럼 막아야지."

황급히 다가가려는 황렬을 살마가 잡았다.

"그렇게 마구잡이로 달려들 일은 아니야. 알잖아."
"그렇다고 이렇게 구경만 할 수는 없잖아?"
"일단은… 구경만 할밖에. 그나마 다행스럽게도 내력이 없으니 생명이 위험해진다든가 단전이 잘못된다든가 하는 부작용은 없을 테니까."
"아!"

살마의 말을 이해한 황렬이 한숨 놓인 표정으로 물러서자 일행 모두가 세영을 주시하기 시작했다.

그렇게 일행이 바라보는 동안, 세영은 풀리지 않는 응어리를 두고 계속 고뇌했다. 그러다 한 가지 사건이 떠올랐다. 고려에서 아버지를 죽음으로 몰고 간 장수를 죽였을 때가…….

그때도 마음은 후련해지지 않았다.

'피를 피로 갚는 건 소용없다는 건가?'

용서, 화해와 같은 단어를 끌어들일 마음 따윈 없었다. 자신은 그런 단어와 친해질 수 있을 정도로 정신적 수양이 깊지 않았으니까. 아니, 근본적으로 그러고 싶지가 않았다.

하니 지금의 방황은 그런 것과는 상관이 없었다.

'그렇다면 도대체 무엇 때문에……?'

의문은 꼬리에 꼬리를 물었다. 그 속에서 사부의 말 하나가 튀어 올랐다.

'세상에 시작과 끝이 없는 일은 없다. 어떤 문제든 원인을 제거하지 않고서는 해결되지 않으며, 제아무리 나쁜 일이든, 혹은 한없이 좋은 일이든 끝이 나지 않는 것은 없다.'

"원인… 그래, 원인!"
벌떡 일어선 세영이 중얼거렸다.

❈   ❈   ❈

느닷없이 자신을 찾아와 건넨 세영의 말에 지현은 어쩔 줄 몰랐다.
"그, 그건……."
"죽고 싶어?"
자신이 하고 싶었던 말을 대신 해 주는 황렬을 힐긋거린 지현이 고개를 끄덕였다.
"옳은 말이에요. 지금 같은 상황에서 무극검웅을 찾아간다는 것은 섶을 지고 불길 속으로 걸어 들어가는 것과 다를 게 없어요."
"내가 죽을 거라고 생각해?"
세영의 물음에 지현도 황렬도 주춤거렸다. 지현은 정말로 그렇게 생각하기 때문에, 반면 황렬은 아닐 수도 있음에……

두 사람의 반응을 바라보던 세영의 시선이 황렬에게 향했다.

"알잖아?"

"뭐, 뭐가?"

"나… 이전과는 다르다는 거."

"그야……."

안다. 단지 마주치는 것만으로도 소름이 돋는 그 무시무시한 눈빛만으로도……. 하지만 지금 그의 말에 긍정하면 무당으로 향하겠다는 세영의 결심을 막을 수 없을 터였다. 그렇기에 황렬은 입을 다물 수밖에 없었다.

그런 황렬을 대신해 양후가 나섰다.

"그는 혼자가 아니지 않습니까?"

"상관없다."

사부의 능력이 자신에게서 고스란히 살아났다. 전부는 아닐지라도 7할 정도는 자신한다. 그러니 그들에게 발목을 잡힐 정도는 아니었다.

그 생각을 아는지 모르는지, 양후가 물었다.

"다 죽이러 가는 겁니까?"

"뭐?"

아니다. 아니기에 눈살이 찌푸려지는 것이다. 가능한 피를 덜 보고 사건을 해결하고 싶었다. 자신이 칼을 휘둘러야 하는 적, 그 근원에 집중하고 싶었을 뿐이다. 그것을 위해서는 백도와의 적당한 타협이 필요했고, 또한 그것을 해 줄 수 있는 사람이 무극검웅일 뿐이었다.

"무당의 도인들로도 막지 못한다는 거, 난 믿습니다. 하지만 그렇게 죽어 가는 무당의 도사들을 그가, 무극검웅이 그냥 두고 볼 것이라고 보십니까? 대화는 시작도 해 보지 못할 겁니다."

자신의 생각을 제법 정확히 집어내는 양후의 말에 세영은 곤혹스러운 표정을 지어 보였다.

"그럼… 어찌하자는 거지?"

"우리가 갈 수 없다면 불러내야지요."

양후의 말에 사람들의 얼굴에는 의문이 들어섰다. 그 탓에 곧바로 이어진 질문은 세영이 아니라 황렬에게서 나왔다.

"어떻게?"

그 질문에 양후는 말없이 살마를 바라보았다. 그 시선에 살마가 인상을 와락 구겼다.

"아, 왜~ 에!"

못마땅한 살마의 음성만 듣고도 사람들의 얼굴에는 알겠다는 표정이 떠올랐다.

❁   ❁   ❁

대저 강호에서 호광을 말하면 하나의 이름이 부록처럼 딸려 온다. 바로 무당이다.

북 소림, 남 무당이라며 천년 소림과 함께 거론될 정도로 강호 전체에 드리워진 무당의 영향력은 절대적이었다.

그 영향력만큼이나 그곳에는 강력한 고수들이 즐비했다. 그 경내를 검은 그림자 하나가 조심조심 움직였다.

그런 그림자의 앞을 청수한 인상의 노도인이 가로막았다.

"허허, 어딜 그리 조용히 가십니까? 무량수불……."

딱 보기에 살수처럼 생긴 이를 가로막은 무극검웅은 생각지도 않은 상대의 반응과 맞닥트려야 했다.

"후~ 다행이다."

"다, 다행?"

수십 년 수행이 한 번에 흔들렸다. 그런 무극검웅에게 살마가 말했다.

"저… 기억 안 납니까?"

상대의 물음에 무극검웅의 눈이 가늘어졌다.

"누구……? 아! 도우는…….

무극검웅의 반응에 살마의 얼굴이 환하게 밝아졌다.

제68장

누명

 쌍류 좌포청의 포령은 그 이름도 찬란한 무극검옹을 눈앞에서 보는 진귀한 경험을 하고 있었다. 그런 그의 시선이 닿은 곳에서는 세영과 무극검옹이 대화를 나누고 있었다.
 "칼… 부터 꺼냈어야 히는 긴 아니라 믿어."
 세영의 말에 희미하게 미소 지은 무극검옹이 하늘을 올려다보았다.
 "그럴까도 해 보았소만… 그러지 않길 잘한 것 같구먼."
 "무슨 소리야?"
 "사제의 능력은 이미 내가 어찌할 범주를 벗어난 것 같기에 하는 말이라네."
 "그런 게 보이나? 난 내력도 익히지 않았는데."

"오래 살다 보면 사람을 보는 능력이 생긴다네. 그런 것과 비슷한 것이지."

"뚱딴지같긴……. 여하간 대화… 가능하다는 거지?"

세영의 물음에 무극검웅의 고개가 끄덕여졌다. 그에 세영이 말을 이었다.

"다른 건 필요 없어. 이번 일이 일어나게 만든 홍수, 그 자식 하나만 내줘."

세영의 말에 한참 말없이 서 있던 무극검웅이 입을 열었다.

"세상엔 어쩔 수 없는 일이라는 게……."

"개똥철학을 주절거릴 거라면 그쯤 해 둬. 사형이고 나발이고 그냥 확 발라 버리기 전에."

험악한 세영의 말에 무극검웅이 눈가를 찌푸렸다.

"거친 말본새도 여전하구먼."

"더 안 좋아졌지, 어떤 새끼들 때문에. 그래도 대화를 해보겠다고 참고 있는 거니까 헛소리 그만하고 답이나 해."

"흠… 그건 어려울 걸세."

무극검웅의 답에 세영의 눈에서 살기가 확! 하고 일어섰다.

움찔.

천하의 무극검웅이 겁을 집어먹고 움찔거릴 정도의 살기였다. 그 무시무시한 살기를 뿌려 대는 세영에게 무극검웅이 재빨리 말을 이었다.

"사제이기 때문이 아니라 내가 요구해도 불가능하단 소릴세."

"왜?"

"백도가 그것을 할 수 없게 만들기 때문이네. 자기 살자고 동료를 팔 수는 없는 법이니까."

"풋 무슨 말 같지도 않은……"

"물론 말도 안 된다는 건 아네. 자네에게 일어난 일… 을 생각하면 그런 일은 손바닥 뒤집듯 쉬워야 하니까."

"그럼에도 안 된다 말하는 것은… 결국 힘으로 해보자는 건가?"

"그게 아니라 대놓고 하지 못한다는 소릴세. 그건… 하고 싶어도 할 수 없으니까."

무극검웅의 답에 세영이 다시금 피식 웃었다.

"그게 무슨 개 풀 뜯어 먹는 소리야?"

"모든 사람들의 눈이 자네에게 쏠려 있네."

"그쯤은 알아, 풀려난 패천도황이 이야기하고 다녔을 테니까."

"그랬네. 그러니 대비를 할 수밖에……. 내게도 힘을 보태라는 서찰이 하루에도 서너 통씩 날아들던 중이었네."

"그래서, 힘을 보탤 생각이고?"

"갈등이 없었다면 말이 안 되겠지. 하지만… 알량한 동료

애로 누백 년 동안 이어져 온 무당을 주저앉힐 수는 없는 노릇인 어쩌겠나."

"그 말은?"

"무당은 이번 일에 나설 생각이 없네."

"백도맹이 피로 채워져도?"

"그 길뿐인가?"

"그러지 않고자 노력하고 있는데……. 그게 안 보이나?"

세영의 빈정거림에 무극검옹은 입을 다물 수밖에 없었다. 그의 말대로 무당 전체가 아니라 흉수 하나만 내 달라는 것만으로도 충분히 참고 있다는 것이니 말이다.

문제는 백도맹은 그렇게 생각하지 않는다는 것이었다. 적어도 누구 한 사람의 힘만으로는 절대로 백도맹을 어쩔 수 없다고 믿고 있었다.

"후~"

한숨을 내쉬는 무극검옹에게 세영은 확답을 요구했다.

"그러니까 결국은 못 내준다?"

"내가 결정할 수 있는 사안이 아닐세."

무극검옹의 답에 세영의 표정이 싸늘하게 내려앉았다.

"손을 뗀다는 게 무관심을 말하는 거였어?"

"중재는 해 보겠으나 결정을 내릴 위치에 있지 않다는 것일세."

"중재라……. 시간을 벌겠다는 소리로군."

"조금은 그렇게 되겠지. 내가 의도하든, 하지 않든 간에."

부정하지 않는 무극검웅을 지그시 바라보던 세영이 고개를 끄덕였다.

"좋아, 그쯤은 기다려 주지. 하지만… 그 시간이 길면 길수록 결과는 좋지 않을 거야."

세영의 경고에 무극검웅의 표정이 굳었다. 그도 안다. 시간이 길어질수록 증오는 늘어 가고 손속은 거칠어진다. 아니, 굳이 세영이 손을 거칠게 쓰지 않는다 해도 백도맹의 준비가 치밀해질수록 죽거나 상하는 이들의 수는 늘어날 것이다.

그런 만큼 피는… 더 많이 흐를 것이다.

"노력… 하겠네."

그 말을 남겨 두고 돌아서는 무극검웅을 세영은 붙잡지 않았다.

❁   ❁   ❁

무극검웅이 돌아간 지 열흘, 그가 보내올 결과를 기다리던 세영에게 당도한 소식은 전혀 예상하지 못하던 것이었다.

"이게 지금 뭐라는 거야?"

백도맹에서 쌍류 좌포청으로 전달된 서신을 읽어 내려가

누명 • 55

던 세영의 반응에 지현이 물었다.

"왜요? 결국 힘으로 하자는 건가요?"

"그게……."

좀처럼 답을 하지 못하는 세영에게서 서신을 빼앗듯 받아든 지현의 눈이 커졌다.

"주, 죽었다고요?"

경악하는 지현의 음성에 주변에 서 있던 비호대원들의 시선이 모여들었다. 그리고 그 안엔 백도맹으로부터 서신이 왔다는 소식에 한걸음에 달려온 좌청도 끼어 있었다.

"누가 죽었다는 겁니까?"

좌청의 물음에 지현이 답했다.

"무, 무극검옹이 죽었다는군요."

차가운 정적이 실내를 뒤덮었다.

반 시진 후, 이곳에서 무당으로 귀환하는 여로에서 무극검옹이 시신으로 발견되었다는 서신의 내용을 들은 사람들은 한동안 말문을 열지 못했다.

"그래서 흉수는 누구라는 겁니까?"

침묵을 깬 이는 황렬이었다.

"그게……."

답을 제대로 잇지 못하는 지현의 시선은 세영을 향하고 있었다. 그런 지현을 바라보던 황렬의 눈이 커졌다.

"서, 설마… 박 포교를 의심하는 겁니까?"

"서신의 표현을 빌리자면… 무극검웅을 암… 살한 대가를 치르게 하겠다고……."

"아, 암살?"

암살이 거론되자 사람들의 눈이 일제히 살마에게로 향했다.

"왜? 무, 무슨… 설마 내가? 하-! 그럴 능력이나 되면 좋겠다."

그의 푸념에 사람들의 고개가 끄덕여졌다. 하긴 아무리 살마의 경지가 화경의 초입이라지만 현경의 끝에 서 있는 무극검웅을 암살한다는 것은 애초부터 불가능했으니까.

그럼……?

사람들의 시선이 세영에게 몰렸다.

"쯧, 죽일 거였으면 그렇게 보내지도 않았어."

세영의 말에 사람들의 시선이 거둬졌다. 하긴, 세영의 성품상 보내고서 뒤통수를 칠 리는 없었다. 그러면 결론은…….

"누명이라는 건가?"

황렬의 음성에 사람들의 표정이 이전보다 더 어두워졌다.

"그보다는 누가 그를 죽였는가 하는 게 더 문제 아닌가?"

언제 왔는지 문가에 기대선 단리성의 말에 사람들의 시선이 그에게 옮겨 갔다.

"사형은 누구라고 생각하십니까?"

좌청의 물음에 단리성은 뺨을 긁적였다.

"떠오르는 이가 한 사람뿐이라서……."

단리성의 답에 좌청의 얼굴에는 당황감이 어렸다.

"사, 사형!"

무극검웅을 상대할 수 있는 사람……. 바로 단리성이 소속되어 있고, 또 좌청의 뿌리가 있는 마교의 태상교주뿐이었다.

그의 별호는 패도마웅.

그것이 바로 좌청이 당황하는 이유였다.

"무슨 정보라도 있는 거요?"

그를 거론한 이가 마교의 고수인 단리성이기 때문이다. 그런 황렬의 물음에 단리성이 어깨를 으쓱여 보였다.

"없어. 단지 그분밖에 생각나는 사람이 없었을 뿐이야."

"상식적으로야 그렇긴 하지만……."

패도마웅이 무극검웅을 죽였다면 쉬쉬할 이유가 없다. 이미 백마 전쟁을 각오하고 벌인 일일 테니까. 더구나 패도마웅을 막아 낼 존재가 사라진 백도는 사실상 마도에 비해 열세에 처한 상황이었다.

따지고 싶어도 따질 수 없다는 뜻이다. 그럼에도 조용하다는 것은…….

"제 생각은 좀 달라요."

곰곰이 생각에 잠겨 있던 지현의 음성에 사람들의 시선

이 그녀에게 몰렸다.

"패도마옹이 벌인 일이라면 지금처럼 조용할 이유가 없어요. 결국 다른 사람이 일을 벌였다는 뜻이 되죠."

"죽은 사람은 바로 무극검옹입니다. 누가 그를 죽일 수 있단 말입니까?"

패도마옹의 이름이 거론된 것에 가장 당황했던 좌청은 이제 그가 아니라고 하자 역설적이게도 발끈하고 나섰다. 그것은 무극검옹쯤 되는 자를 죽일 수 있는 사람은 오로지 패도마옹뿐이라는 자부심 때문이었다.

"기인이사가 모래알 같다는 강호입니다. 그런 인사가 출현하지 말라는 법도 없겠죠."

"다시 말하지만 죽은 이는 무극검옹입니다. 이 강호 전체에서 가장 강력한 두 사람 중 하나란 말입니다. 기인이사… 많죠. 하지만 그중에서 강호 전체를 아울러 두 손가락 안에 들어가는 이를 죽일 만큼 강력한 자가 은거해 있을 거란 생각은 들지 않는군요."

좌청의 반론에 지현이 말을 이었다.

"그럼 좌 장군, 아니 좌 잡단은 패도마옹이 범인이라는 건가요?"

"그, 그건 아닙니다."

정말 아닌지는 모른다. 하지만 정말 그분이 범인인데도 조용하다면 그 뜻인즉 백도와의 충돌은 피하고 싶다는 뜻이 된다. 그걸 파헤쳐 드러낼 필요는 없었다.

좌청의 속내를 아는지 모르는지 지현이 고개를 끄덕이며 말을 이었다.

"만약 패도마옹이 범인이 아니고 기인이사도 범인이 아니라면, 남은 건 저들의 말대로 암습뿐이네요."

"난 아니라니까!"

못마땅한 세영의 음성에 지현이 싱긋 웃었다.

"알아요, 상공이 아니라는 거."

"그놈의 상공 타령은……."

세영의 투정에도 불구하고 미소를 잃지 않은 지현이 말을 이어 나갔다.

"제가 말한 암습은 우리가 아니라 저들을 말하는 겁니다."

"저들이면 누굴 말씀하시는지……?"

좌청의 물음에 지현이 천천히 답했다.

"백도맹."

"마, 말도 안 됩니다!"

좌청의 부정과 더불어 그와는 전혀 다른 의견이 끼어들었다.

"그런 거라면 가능하지."

소리의 근원으로 고개를 돌린 이들의 시선에 고개를 주억거리는 막야가 보였다. 사람들의 시선이 자신에게 쏠리자 막야가 황급히 고갯짓의 방향을 바꿔 좌우로 저었다.

"제가 아닙니다."

억울하다는 표정인 막야의 시선이 향한 이에게 다시금 사람들의 눈길이 모였다.

"누군가를 죽이고자 목표를 정했다면, 가장 완벽한 기회를 얻을 수 있는 건 그의 호적수가 아니라 살해 목표가 가장 신뢰하는 사람인 법이지. 코앞까지 다가와도 의심은 않거든."

살마의 말에 당황한 사람들의 시선은 재빨리 세영을 훑었다. 담운 선사가 당홍에게 당한 것을 떠올린 탓이었다.

한데 다행히도 세영은 담담한 표정이었다.

"뭐, 죽인 놈을 찾아가서 다시 복수라도 할까 봐?"

세영의 말에 사람들의 시선이 다시금 살마로 돌려졌다. 그런 이들의 시선에 살마가 마지못해 말을 이었다.

"적어도 무극검웅 정도의 고수를 암습하자면 그와 각별한 사이여야 가능할 거야. 물론 그렇다고 실력이 형편없으면 그것도 불가능해. 최소한 무극검웅이 막을 시간적 여유를 주지 않아야 하니까. 그렇게 생각한다면……."

살마의 말을 완성한 것은 지현이었다.

"최소한 자파, 그러니까 무당의 고수라는 소리죠."

"그럴 가능성이 충분하다는 것은 인정합니다. 하지만 무당이 왜요? 무극검웅은 무당의 기둥입니다. 그가 없어지면 무당 전력의 절반이 깎여 나갑니다. 그런 일을 스스로 벌였다고는 생각할 수 없습니다만……."

다시금 일어서는 좌청의 반론을 지현이 정면으로 반박했다.

"그렇게 생각하면 당홍도 시사부님을 배신할 수 없었어요. 그들이 어려움에 처할 때 가장 큰 힘을 보태 준 분이셨으니 말이에요."

"하지만 그는 외인이었습니다. 외인과 자파의 고수는 다른 법입니다."

"아무리 그래도 힘을 제공해 주는 데에서는 같았습니다. 문제는 상대가 사라졌을 때 얼마나 더 큰 이익이 돌아오느냐가 관건이 아닐까 싶군요."

지현의 말에 좌청의 입이 다물렸다. 그 말을 부정할 수 없었기 때문이었다.

"무극검웅을 버릴 정도의 이권은 과연 뭘까?"

황렬의 말에 사람들의 고개가 저어졌다. 좀처럼 짐작하기 어려웠던 까닭이었다. 그런 좌중에게 단리성의 음성이 날아들었다.

"지금은 그게 문제가 아닌 거 같은데?"

"그게 무슨……?"

"놈들은 이쪽이 암습했다고 주장했다면서? 거기다 대가를 치르게 하겠다고 공언했다면……."

단리성의 말에 사람들의 표정이 어두워졌다. 강호에서 피의 대가는 바로 피뿐이다. 그 말은…….

"조만간 몰려올 거다."

곧바로 이어진 단리성의 말이 아니어도 충분히 짐작할 수 있는 것이었다.

"그럼 준비를……."

좌청의 음성을 세영이 잘랐다.

"기다리는 건 더 이상 하지 않을 겁니다."

"그, 그럼……?"

"원한다면 이쪽에서 직접 가 주죠."

자리에서 일어서는 세영의 주위로 눈이 아플 정도의 날카로운 살기가 휘몰아쳤다.

❀   ❀   ❀

중원 강호에서 섬서는 검의 대지다. 일검으로 태양을 벤다는 사일검법을 보유한 종남과 오악검파의 수장인 화산이 버티고 있기 때문이었다.

그 섬서로 다수의 무인들이 모여들었다.

"오악검수들이 모두 집결하였습니다."

수하의 보고에 매화검존의 시선이 연무장을 가득 메운 검수들에게 향했다.

태산, 항산, 형산, 숭산, 그리고 화산. 오악에 뿌리를 둔 다섯 검파의 고수들이 삼엄한 기세를 뿌리며 늘어서 있었다.

 중원 검수들의 절반이 소속된 오악검파 중에서도 최고의 검수들이 모인 것이다. 삼엄하게 뿜어지는 기세에 눈이 따가울 정도였다. 잘 벼려진 검과 같은 검수들을 바라보며 흡족한 미소를 지은 매화검존이 검을 뽑았다.

"척살!"

촤자자장-

"척사~ 알!"

2천 검수들의 우렁찬 함성이 화산을 진동시켰다.

❀   ❀   ❀

 산을 오르는 세영의 뺨은 불만으로 가득 부풀어 있었다. 그런 세영의 곁에 붙어 있던 지현이 연신 재잘거렸다.

"글쎄… 날 믿어 보라니까요? 싸움이 능사는 아니잖아요."

"말로 통할 놈들이면 일이 이렇게 되지도 않았어."

"말이 안 통하는 부류도 있다는 건 인정해요. 하지만 시도는 해 봐야죠."

"그러다가 안 되면?"

"그땐… 상공 마음대로 해요."

지현의 말에 세영은 작게 한숨을 내쉬었다. 소수가 다수를 상대하러 가는 데는 기습과 암습이 최고의 무기다. 한데 대화부터 시작하면 그건 물 건너간 거다. 힘 대 힘의 싸움에서는 이쪽의 피해도 감수해야 했다.

그 피해가 작은 상처라면 감수할 수 있지만, 최악의 경우엔 비호대원의 죽음일 수도 있었다. 그녀는 그것을 생각지 못하고 있었다.

역시 머리는 좋을지 몰라도 지현은 아직 싸움에 대한 것은 잘 알지 못하는 것 같았다.

그래도 말릴 수는 없었다. 여하간 그녀는 이 집단의 최고위자이고, 자신은 포교라는 말단 관리였으니까.

그렇게 산을 거의 다 올랐을 무렵, 그들의 주위로 수십 명의 검수들이 솟아올랐다.

"멈춰라!"

산을 울리는 호통 소리 이전에 이미 일행의 발길은 멈춰 있었다.

지현을 가운데 두고 황렬과 양후, 하북삼흉, 그리고 좌청과 단리성이 원처럼 둘러섰다. 살마와 막야는 만약에 대비해 그녀의 곁으로 바짝 다가섰다.

"감히 무장을 하고 종남으로 오르는 그대들은 누구인가?"

호한의 검수가 사납게 물어 왔다. 어느새 한 걸음 앞으로 나선 세영이 그에게 물었다.

"이미 검을 뽑았다는 건 우리가 누군지 안다는 뜻이 아닌가?"

그러고 보니 일행을 둘러싼 종남의 검수들은 모조리 발검 상태였다.

"스스로 강호의 정기를 흐리는 악도들이라 자복한 것이렷다!"

"무슨 증거로 악도라 말하는가?"

발끈한 좌청이 호통을 쳤지만 애초부터 이쪽의 말은 들을 생각도 없었던 듯, 종남 검수들 속에서는 고함이 터져 나왔다.

"악도들이다! 손속에 사정을 두지 말라!"

이내 검풍이 모든 것을 집어삼킬 듯 밀어닥쳤다.

조용히 철환을 거두고 검에 묻은 피를 털었다. 그런 세영을 일행은 질린 표정으로 바라보았다. 특히 단리성은 세영의 일거수일투족을 놓치지 않겠다는 듯 시선을 고정하고 있었다.

"손속이… 너무 과한 것이 아닐지……?"

좌청의 걱정 어린 음성에 세영의 서늘한 시선이 그를 훑었다. 그 시선에 좌청은 흠칫 몸을 떨어야 했다.

그런 두 사람의 사이로 단리성이 끼어들었다.

"그 검… 겪어 볼 수 있나?"

단리성은 종남의 검수들을 막기 위해 꺼내 든 도를 아직까지 집어넣지 않은 상태였다. 이제껏 뽑아서 한 번도 휘둘러 보지 못한 채 도를 갈무리한 적은 한 번도 없었다. 그래서 더 납도(納刀)를 하지 못하는지도 몰랐다.

"죽고 싶은 건가?"

세영의 반문에 단리성은 분노를 드러내지 못했다. 단순한 위협이 아니라는 것을 눈으로 직접 보았기 때문이다. 제아무리 화경의 벽을 넘어서지 못한 이들이라 해도 대부분이 검강을 뽑아내는 절정의 검수들이었다.

그런 이들 2백 명을 순식간에, 그것도 홀로 쓸어버린 인사다. 일행은 나설 기회조차 없었다. 철환이 날고, 검광이 번뜩이면서 수십이 짚단처럼 쓰러졌다. 뼈와 살이 부서졌고, 검과 몸이 함께 잘려 나갔다.

대적 불능이란 단어를 극명하게 보여 준 사람이었다. 그렇기에 두려웠다. 자신은 이룰 수 없는 일을 장난처럼 벌인 이였기에……. 그래도 들불처럼 번지는 호승심을 다잡을 수가 없었다.

"죽더라도 상관없다."

단리성의 말에 두 사람의 대화를 주의 깊게 듣고 있던 좌청이 화들짝 놀라 소리쳤다.

"사, 사형!"

"쉿! 이건 사제가 끼어들 일이 아니다. 사제도 칼을 다루

누명 • 67

는 무인이니 내 마음을 알지 않나?"

"그, 그래도……."

너무 위험하다는 말을 차마 할 수 없었다. 그건 단리성의 실력을 폄하하는 것이 될 테니 말이다. 두 사람이 하는 양을 지켜보던 세영이 고개를 저었다.

"정말 죽고 싶을 때 다시 말하면 죽여 주마."

등을 돌리는 세영을 단리성이 다급한 음성으로 잡았다.

"지금이다. 난 준비가 됐다."

천천히 돌아서는 세영의 눈은 차갑게 가라앉아 있었다.

"내가 그냥 하는 말로 들었다면 다시 생각해라. 난 정말 대충 하는 방법은 모른다."

"제어… 가 안 된다는 말인가?"

"검이 흐르는 길은 완벽하다. 다만… 강도의 조절이 안 된다. 중간에서 멈추는 것 따위는 아예 불가능하고."

사부의 진전을 너무 급하게 이어받았다. 발현에만 초점을 맞췄더니 그 미세한 조정이 되기까지는 아직 요원했던 것이다.

"그럼… 일단 펼쳐지면 반드시 피를 보고야 만다?"

단리성의 물음에 세영이 고개를 끄덕였다.

"네가 이미 본대로."

필요 이상으로 손속이 잔인하다고 생각했는데, 그런 이유가 숨어 있는 줄은 미처 알지 못했다. 그래도 마음은 변하지 않았다. 검을 섞고 싶다는 생각은 그 사실을 알고 나자 더 커졌으니까.

"그래도 원한다면?"

"…개죽음일 거다."

세영의 답에 잠시 갈등하던 단리성이 이내 도를 고쳐 잡았다.

"죽음을 두려워해 본 적은 없다."

두 눈에서 형형한 빛을 뿌려 대는 단리성을 지그시 바라보던 세영이 자세를 잡고 그와 마주섰다. 적어도 객기가 아니라는 것을 알아보았기 때문이다.

그런 두 사람 사이로 지현이 끼어들었다.

"지금은 우리끼리 이러고 있을 때가 아니에요."

"하지만……."

"어쨌거나 상대할 사람들이 수두룩하다고요. 더구나 방금 전에 우린… 중남의 검수를 이백이나 뺐어요. 석이 얼마나 더 많아질지 모르는 상황에서 자중지란은 허락할 수 없어요."

"허… 락?"

새된 그 물음은 잔소리를 들은 세영이 아니라 단리성에게서 나왔다. 그런 그에게 고개도 돌리지 않은 채 지현이 말을 이었다.

"당신은 마련에서 관부로 파견한 협조자라고 들었어요.

이번 일이 끝날 때까지는 관부의 명을 받기로 했다죠?"

지현의 물음에 단리성의 시선이 저만치 서 있는 좌청에게 향했다. 하지만 좌청은 그의 시선을 못 본 척하며 딴청을 피웠다. 그제야 이 당찬 여인네가 끼어든 데엔 좌청의 부탁도 한몫했다는 것을 짐작한 단리성이 작게 한숨을 쉬었다.

"하아~ 사제……."

"당신을 처음 맡은 사람이 좌 잡단일지는 모르지만, 지금은 바로 제가 이 일행의 최고 책임자입니다. 그러니 내 말을 따르세요. 만일 거부한다면 관부와 마련 사이에 심각한 일이 생길 겁니다."

위협이다. 다른 때라면 코웃음으로 무시했겠지만, 이번 일은 관인 살해의 주범으로 의심받는 마련의 누명을 벗기 위해서 마련주, 그러니까 마교 교주의 특명을 받아 나온 일이었다.

그것은 자신이 눈앞의 작은 여인의 심기를 거슬러서 좋을 게 없다는 뜻이었다.

그에 단리성은 세영을 바라보았다. 세영이 지현의 말을 거부해 주길 바랐지만 결과는 전혀 달랐다.

"뭐… 그러지."

시선조차 흔들리지 않고 지현에게 싱긋 웃어 준 세영이 두 손을 들어 보이며 물러난 것이다.

"이런……."

낙담한 단리성도 더 이상은 버틸 재간이 없었다. 신경질적으로 도를 갈무리했지만 그뿐이다. 고집을 피워 봐야 먹히지 않을 것을 알아 버렸으니.

 웃긴 건 주변 사람들의 반응이었다. 안도의 한숨을 내쉰 좌청을 제외한 나머지 일행 전원의 얼굴에는 아쉬운 표정이 역력했다.

 그들 모두가 무인들이다 보니 단리성과 세영 정도의 무인들이 벌이는 비무는 당연히 궁금할 수밖에 없었다. 더구나 세영의 상황으로 인해 생사결이 될 것은 분명한 노릇. 그 박진감을 생각하면 아쉬운 것이 당연했다.

 거기다 함께 움직인다고는 하나 단리성은 비호대도 아니었다. 정말로 어찌 된다 해도 심리적 부담도 적었던 것이다.

 그렇게 관심을 두었던 비무가 물 건너가 버린 후, 일행은 2백에 달하는 종남 검수들의 시신을 남겨 두고 산을 오르기 시작했다.

제69장
과거의 인연을 피 위에서 만나다

 종남의 중심, 의사청으로 쓰이는 태을전(太乙殿)에는 침묵과 고뇌가 가라앉아 있었다.
 "무엇을 고뇌하십니까? 장로회의 결의에 따라 태을검수들이 이미 풀려나갔습니다. 그렇다면 이제 전력을 기울여야 하는 것이 아닙니까?"
 답답하다는 듯 외치는 한 장로의 음성에 종남 장문인의 시선이 좌측 맨 첫 자리에 앉은 이에게 향했다.
 "사제는 어찌 생각하는가?"
 장문 사형의 물음에 좌측 맨 첫 자리에 앉은 사내, 장현이 마지못해 입을 열었다.
 "과거의 그를 생각하면 태을검수만으로도 충분히 제압이

가능할 것입니다. 하나……."

"하나?"

"그간 들려온 소문이 사실이라면……."

"……."

아무 말 없이 자신의 답을 기다리는 장문 사형을 올려다 보며 장현이 말을 이었다.

"종남은… 멸문을 면키 어려울 겁니다."

"그 무슨 말도 안 되는!"

"말을 삼가시게!"

여기저기서 장현을 성토하는 음성이 터져 나왔다. 그런 이들을 일별하며 장현이 피식 웃었다.

"그는 사천당가를 홀로 무너트린 인물입니다. 당홍, 철환신왕이 버티고 있는 그 당가를 말입니다."

장현의 말에 여기저기서 터져 나오던 음성이 사라졌다. 그런 장로들의 반응을 지켜보던 장문인이 입을 열었다.

"사제의 말대로 그는 당가를 홀로 무너트린 사람이오. 누군가 내게 종남이 당가를 무너트릴 수 있느냐고 묻는다면, 난… 그렇다고 답하기 어려울 터인데 말이외다."

장문인의 말에 좌중의 침묵은 더 깊어지고 무거워졌다. 그 침묵을 집법장로가 무너트렸다.

"그래서… 어찌하자는 말씀이십니까?"

집법장로의 물음은 장문인을 향한 것이었지만, 반응은 장현에게서 나왔다.

"그의 목표는 우리가 아니라 백도맹입니다."

"백도맹은 백도의 집약체요. 그리고 우리 종남은 백도의 한 축이고."

"맞습니다. 하지만 백도맹은 이제 구파와는 관계없는 곳이 되었지요. 최근 몇 년간은 특히나 더……."

장현의 답에 집법장로의 입이 다물렸다.

"설마… 그래서, 종남도 백도맹을 버리자는 것인가?"

이번의 물음은 장현의 맞은편에 앉아 있던 수석장로의 것이었다.

"버려야 할 것은 반드시 버려야 하는 것으로 압니다, 대사형."

장현의 답에 수석장로의 노안이 일그러졌다.

"그렇게 버려 댔다면 백도는 이미 흔적도 남지 않았을 것을 모른단 말인가?"

"버려야 할 것을 제때 버리지 못했기에 지금의 상황이 왔다는 것은 왜 생각지 않으십니까?"

"과거… 종남이 죄를 지은 때가 있었다."

"사형!"

장문의 경고성에도 수석장로는 아랑곳없이 말을 이었다.

"장 사제의 말 대로면 그때 백도맹은 종남을 버렸어야 했다. 그렇다면 이미 육십 년 전에 종남은 백도에서 아니, 강호에서 사라졌겠지. 장 사제는 지금 그랬어야 한다고 말하는 것인가?"

수석장로의 말에 장현도 섣불리 말할 수가 없었다. 이내 수석장로가 말을 이었다.

"누구나 실수는 할 수 있다. 때론 그것이 치명적일 수도 있고, 돌이키기 어려운 것일 때도 있을 터다. 하지만 그것을 용서하면 또 다른 기회가 찾아오기도 한다. 우린 그것의 혜택을 입었고, 지금은 그것을 돌려줄 차례다."

"흐음……."

장문의 입에서 침음이 흘렀다. 가만히 듣고 있던 장현은 눈을 질끈 감아야 했다. 장문 사형의 침음은 언제나 포기와 함께 나온다는 것을 알기에.

"장문께선 그것을 잊으면 아니 되오이다."

못을 박는 수석장로의 음성에 장문인의 고개가 침음과 함께 끄덕여졌다.

"사형의 말씀이 옳습니다. 사일오검의 출관을 허락… 합니다."

장문인의 말이 떨어지기 무섭게 수석장로가 자리에서 일어섰다. 당금 종남의 수뇌들 중 가장 연배가 높은 그가 바로 사일오검의 수장이었기 때문이다.

"무얼 하는가? 장문인의 명이 들리지 않는 겐가!"

수석장로의 호통에 장현이 마지못해 일어섰다. 그는 당금 사일오검의 최강의 고수였다.

태을전을 벗어나는 수석장로와 장현을 바라보던 장문인이 명을 이었다.

"종남의 모든 검수들을 대연무장으로 소집하라!"

그 명에 태을전에 모여 있던 모든 장로들이 일어섰다.

❀　　❀　　❀

앞서 걷던 세영이 발걸음을 멈췄다.

"왜?"

앞으로 다가서는 황렬을 세영이 손을 들어 제지했다.

"그냥 서 있어."

"왜 그러는데?"

"피 냄새."

"무슨 소리야?"

반문을 무시한 채 세영이 걸어 나갔다. 그런 그를 황렬은 물끄러미 바라볼 뿐이었다.

"뭐요?"

그 곁으로 다가온 좌청의 물음에 황렬이 고개를 저었다.

"모르겠… 소. 무슨 피 냄새, 어쩌고 하는데."

직급으로 따지면 존대를 해야 했다. 하지만 황렬은 아니, 비호대에 배속된 강호인 출신 포쾌들은 세영을 제외한 다른 관인에게 아직까지 존대를 사용해 본 적이 없었다.
"그럼 같이 가 봐야 하는 거 아니요?"
그런 이들을 대하는 좌청도 말투가 어정쩡하긴 마찬가지였다. 그도 관인이기 전에 강호인이었으니까.
"그냥 두는 게 좋소. 저럴 땐 다 이유가 있는 법이니까."
어느새 그들에게 다가온 양후의 말에 황렬이 고개를 끄덕였다.
"맞소, 그냥 하라는 대로 따르는 게 최선이오."
두 사람의 말에 좌청은 불만 어린 표정에도 불구하고 그 자리에 서 있을 수밖에 없었다. 그런 일행의 시선을 받으며 앞으로 나서던 세영의 신형이 멈췄다. 그리고 흐르는 침음.
"흐음……."
그의 손이 다시 움직이자 뒤에서 기다리던 일행이 다가왔다.
"흠……."
"흐음……."
일행들 사이에서도 침음이 흘렀다. 그도 그럴 수밖에 없는 것이 그들의 시선이 닿는 곳에는 종남의 검수들이 확실한 시신들이 도처에 널브러져 있었기 때문이다.
"종남… 애들 맞지?"
"옷깃에 버젓이 '종남'이라고 쓰고 다니는 놈들이 그놈들 외에 또 있을까."

퉁명스런 황렬의 음성에 양후의 표정이 일그러졌다.

"나도 몰라서 물은 건 아니야."

투덕이는 두 사람 사이를 비집고 나선 좌청이 시신들을 살피다 세영을 돌아봤다.

"고수요."

"압니다."

"한… 사람이란 것도 아시오?"

"알고… 있습니다."

세영의 답에 좌청의 입에서 다시금 침음이 흘렀다.

"흐음……."

산 중턱을 거의 뒤덮다시피 흩어진 시신의 수는 얼핏 보기에도 백 단위를 넘긴다. 게다가 그들을 죽음으로 몰고 간 이가 단 한 명이라는데도 저리 담담한 것이 더 놀랄 지경이었다.

그렇게 시신으로 포장된 산 중턱을 돌러보던 세영의 신형이 갑자기 흩어졌다.

"뭐, 뭐야!"

놀라는 좌청의 곁을 황렬과 양후, 그리고 단리성이 무서운 속도로 스쳐 지나갔다. 그런 이들을 따라 움직이려는 나머지 일행을 살마가 잡았다.

"멈춰!"

"왜?"

자신만 뒤처졌다는 것에 불만을 드러내는 거패에게 살마가 답했다.

"다 가면 누가 지켜."

살마의 시선 끝에 걸려 있는 지현을 일별한 일행의 발이 멈춰졌다. 그렇게 일행이 뒤처진 상태에서 앞서 나간 이들은 누군가를 부여안고 있는 세영을 발견할 수 있었다.

"꼴이 말이 아니로군."

세영의 말에 그의 품에 안겨 있는 사내가 피식 웃었다.

"어째 그댈 만나는 날은 일진이 좋지 않구려… 쿨럭!"

말끝에 게워 내는 피는 검은 빛이었다. 더구나 그 안에는 잘게 잘린 내장 조각이 적지 않게 섞여 있었다.

"제대로 당한 모양이네."

"크크, 칼만 맞은 게 아니라서……. 손속이 매운 놈이었다오."

"얼굴… 봤나?"

"봤소. 버젓이 드러내고 다니는 놈의 얼굴을 못 볼 리 없으니까."

"누구야?"

"왜… 설마 복수라도 해 줄 생각이시오?"

사내, 장현의 물음에 세영이 그의 눈을 들여다보았다.

"그걸 원하나?"

"원하면 들어줄 생각은 있는 거요?"

"원한다면."
세영의 답에 장현의 얼굴에 흐릿한 미소가 어렸다.
"우리가 여기 모여 있던 게 왜인 줄 모르시오?"
"알아."
"그런데도 복수를 해 주겠단 말이오?"
"난 내 물건, 내 손님에게 손대는 거 별로 안 좋아해."
그 말에 장현의 입에서 억눌린 웃음이 흘러나왔다.
"크크크… 빌어먹을! 이래서 내가 손대지 말자고 했던 거라고……."
"그 후회는 이미 늦은 거 같고. 누구야?"
세영의 물음에 장현이 그의 눈을 직시하며 말했다.
"얼굴에 자상이 있는 놈이었소."
장현의 답에 세영의 눈이 빛났다.
"그 말은… 모르는 놈이라는 소리?"
"알면 그 개자식의 이름을 말해 줬을 기요."
"이만한 일을 만든 놈이 이름도 없단… 말이야?"
"그러니까 더 기가 막힌 일이지 않겠소. 단언하건대 십대 고수나 백대고수에는 이름이 없는 놈이요… 쿨럭!"
말끝에 장현은 다시금 피를 토했다.
"시간… 없어."
"알고 있소……. 그러니 잘 들으시오. 자상은 왼쪽에서 오른쪽으로 코와 입을 반쯤 가로지르오. 오른손잡이에 칼을 잘 쓰고, 왼손에서 뿜어지는 장법도 일절이오. 오뢰장을 익힌 종남의 장로가 한 방에 나가떨어질 정도로… 쿨럭!"

"…찾으면 죽여 준다."

"크크… 고맙단 말은 저승에서 그놈을 보거든 하… 리다."

그걸 끝으로 장현은 더 이상 아무 말도 없었다.

"숨이… 끊어졌다."

황렬의 말에 세영이 고개를 끄덕였다.

"알아."

하지만 그는 좀처럼 장현을 내려놓지 못했다. 작은 인연이었다. 심지어 좋은 관계도 아니었다. 몽고군을 돕는 적의 입장이었으니까.

그래도 제법 강렬한 인상을 남겼던 이였다. 그를 이렇게 만나게 되리라곤 생각지 못했다. 종남산을 오르면서도 장현이 종남파였다는 것조차 떠올리지 못했으니까.

자신의 어깨를 짚어 오는 황렬의 손길에 비로소 세영은 장현을 내려놓았다.

"돌아간다."

"종남의 경내는 살펴보지도 않고?"

"여기가 이렇게 당했는데 경내라고 무사할 리 없잖아."

"그래도……."

황렬의 머뭇거림은 어느새 도착한 지현이 나서며 일단락되었다.

"황 포쾌의 말이 맞아요. 확인하는 게 좋겠어요."

슬쩍 지현을 돌아본 세영이 어깨를 으쓱였다. 굳이 하지 않을 이유도 없었으니까.

세영의 동의에 일행은 곧바로 종남산의 정상부, 종남파의 경내를 향해 움직였다.

종남산 중턱은 아무것도 아닐 정도의 참상이 종남의 경내에 펼쳐져 있었다. 종남의 무복을 입은 자는 남녀노소를 가리지 않고 모조리 주검으로 변해 버렸다.

피가 내를 이루고 시신으로 산을 쌓는다는 말이 전장에만 국한된 것이 아니라고 강변하듯, 종남파의 경내는 온통 죽음으로 도배되어 있었다.

"지독하군."

죽음과 가장 가까운 곳에서 살던 살마가 그리 표현했을 정도로 흉수는 잔혹했다.

일행과 떨어져 시신들을 살피던 단리성이 질린다는 표정으로 고개를 저었다. 그걸 본 좌청이 물었다.

"왜 그러십니까, 사형?"

"놈은 한 번 이상 칼을 휘둘러 본 적이 없다."

"무슨 말씀이신지……?"

"상대가 고수든 하수든 단 한 번의 칼질로 목숨을 끊어 놨다는 말이다."

과거의 인연을 피 위에서 만나다 • 85

"하지만 중턱에서 만난 이는 장법에 당한 상처까지 입었지 않습니까?"

좌청의 반문에 단리성이 무거운 표정으로 답했다.

"그가 종남에서 가장 강력한 고수였다는 소리겠지."

"그럼……?"

"사일검수들이었을 거다."

종남의 최강 검술은 자타공인 사일검법이다. 하지만 사일검법은 종남의 3가지의 기본 검술을 오성 이상 익히지 않고서는 대성할 수 없었다.

그 탓에 사일검수는 좀처럼 완성되기 어려웠고, 수도 적었다. 떠한 그 만큼 강력한 고수였다.

하지만 그렇게 강한 이들이 당했다는 것 때문에 놀라는 건 아니었다.

"한데 그런 이를 박 포교가 어떻게 알고 있는 거죠?"

좌청의 의문에 단리성이 저만치 서서 물끄러미 참상을 바라보고 있는 세영을 일별하며 답했다.

"그거야 물어보면 알겠지."

무심한 단리성의 답에 좌청이 고개를 저었다.

"제대로 답할 거라고 보십니까?"

"답하지 않을 이유라도 있나?"

"몽고의 고위 인사에 끌려온 고려인입니다. 그런 이가 백도의 거대 문파에, 그것도 사일검수씩이나 하는 자와 친분이 있었습니다. 그 이면의 일을 밝히리라곤 기대하지 않습니다만……."

"글쎄… 난 말해 줄 거라 보는데."

"어찌 그리 생각하시는 겁니까?"

"백도와 죽이네 죽네 하는 사이다. 그 인연에 어떤 비사가 있든지 지금은 숨겨야 할 이유가 없을 테니까."

"그럴… 까요?"

"아마도. 그런데… 그게 중요한 거냐?"

"자칫 뒤통수를 맞을 수도 있으니까요."

"배신할 사람으론 보이지 않는다만……."

단리성의 말에 좌청이 답했다.

"사람 속을 단정하는 것만큼 어리석은 것은 없다고 가르치신 것은 바로 사형이십니다만……."

좌청의 볼멘소리에 단리성은 아무 말도 하지 못했다.

그런 사형을 바라보며 잠시 갈등하던 좌청이 세영에게 다가갔다.

"박 포교."

"예."

"내 한 가지 묻고 싶은 것이 있소만……."

"말씀… 하시죠."

세영의 허락에 좌청이 조심스럽게 물었다.

"산 중턱에서 만났던 사일검수와는… 어떻게 아는 사이요?"

"사일검수……?"

세영의 반문에 좌청은 슬쩍 눈살을 찌푸렸다.

"그가 사일검수일 거라는 건 알고 있소. 그러니 감추지 말고 말해 보시구려."

"그가 사일검수인지 아닌지는 모르지만, 이름은 장… 그래, 장현. 아시다시피 종남의 고수입니다."

"그와는 언제 만난 거요?"

좌청의 질문에 슬쩍 그를 바라본 세영이 물었다.

"왜… 묻는 겁니까?"

"그는 백도의 중심 문파 중 하나인 종남의 고수요. 사일검수면 적어도 장로급일 터, 그만한 이와 그대가 어찌 알고 있는지 궁금할 뿐이오."

"궁금… 하다? 꼭 취조같이 느껴집니다만……."

"험험, 그, 그건 오해요."

다소 당황하는 좌청에게서 시선을 돌린 세영이 하늘을 올려다봤다.

"좋은 인연은 아닙니다. 적으로 만났었으니까."

"적……?"

놀라는 좌청에게 세영은 그와 마주쳤던 충주 산성의 싸움에 대해 천천히 이야기했다.

※　　※　　※

세영과 일행은 종남에서 하산하는 중이었다.

시신들을 모아서 장례라도 치러 줘야 하는 것이 아니냐는 지현의 말은 단리성에 의해 거부되었다. 자칫 증거를 인멸하려는 시도로 받아들여질 수도 있다는 이유에서였다.

"속가들이 언제 올지는 알 수 없지만, 저대로 며칠만 지나면 성한 시신은 거의 없을 겁니다."

여전히 마음이 개운치 않았던지 자꾸 뒤를 돌아보는 지현에게 단리성이 짧게 답했다.

"그리 오래 걸리지는 않을 거요."

"어찌 그리 장담하시나요?"

"종남의 속가는 수가 많소. 그리고 대부분 이곳 섬서에 모여 있고. 본산과의 교류를 중요시하는 속가인 것을 감안하면 사나흘, 어쩌면 하루나 이틀 만에 방문하는 이들이 분명 있을 거요."

단리성의 답에 지현이 좌청을 돌아봤다. 그의 말이 사실인지 묻기 위함이다. 그 시선에 좌청의 고개가 작게 끄덕여졌다. 그것을 확인했음에도 지현의 얼굴에서는 죄책감이 떠나지 않았다.

그런 지현과 일행이 종남산을 내려가는 것을 지켜보는 눈동자들이 있었다. 그들의 앞섶에는 '종남'이라는 두 글자가 선명하게 수놓아져 있었다.

❀   ❀   ❀

 세영과 일행은 종남산을 벗어나 곧바로 화산으로 향했다.

 백도와의 문제를 풀어내려니 백도의 문파를 찾을 수밖에 없었던 것이다. 그렇다고 자잘한 문파는 소용도 없다. 거대 문파나 되어야 대화가 될까?

 그렇다 보니 구파가 가장 먼저 거론된 것은 어쩌면 당연한 일인지도 몰랐다. 그렇게 섬서에서 종남과 함께 최강의 백도 세력으로 불리는 화산으로 일행이 다가섰다.

 문제는 그들을 기다리는 화산의 입장이었다.

 촤자자자장―

 화산의 초입에 들어서자마자 일행은 검의 바다에 갇혀 버렸다.

 "악도들이 감히 화산의 영역에 발을 들이밀었다는 것은 죽고 싶다는 뜻일 터! 소원대로 죽여 주랴?"

 보자마자 칼부터 들이밀고서 죽인다고 협박부터 해 대는 이들을 둘러본 세영의 입가에 비틀린 미소가 깃들었다.

 "이런데도 대화가 가능하다고 생각해?"

 세영의 물음에 지현이 당황한 표정으로 답했다.

 "그, 그래도 시도는 해 봐야 한다고 생각해요."

 여전히 굽히지 않는 그녀의 주장에 세영은 어깨를 으쓱여 보이며 물러났다. 기왕지사 이리된 거, 마음대로 해 보라는 의미였다.

세영의 양보에 시간을 얻은 지현이 살짝 앞으로 나섰다. 그때, 자신과 보폭을 맞춰 살마와 막야가 움직이는 것을 본 그녀가 손을 들어 제지했다.

"괜찮아요, 제게… 맡겨 주세요."

"하지만……."

살마의 걱정스런 음성에 지현이 싱긋 웃었다.

"여차하면 뒤로 뛸게요. 그때 절 도와주세요."

그에 차마 다른 말을 할 수 없었던 살마가 물러나자 막야도 걱정스런 표정으로 뒤로 물러났다. 그렇게 두 사람을 물린 지현은 자신들의 앞을 가로막은 화산 검수들의 우두머리로 보이는 이에게 말을 건넸다.

"나는 몽고의 관리인 시어사입니다."

그녀의 말에 매화검존이 다소 당황한 표정을 지었다.

"관… 리란 말이오?"

"그렇습니다. 몇 곳의 좌포청이 습격당한 일을 조사하고 있습니다."

"그런 이들이 왜 종남을 공격하여 적몰시켰단 말이오?"

"종남……. 우린 그런 적 없습니다."

지현의 부정에 매화검존이 서찰 하나를 펼쳐 들었다.

"종남의 속가가 목격한 흉수들에 대한 용모파기이외다. 이곳에 그려진 이들이 그대들이 아니라 말할 생각이오?"

과거의 인연을 피 위에서 만나다 • 91

사실 그들인지 아닌지는 상관은 없었다. 저들이 무극검웅을 살해한 이상, 종남의 일은 부차적인 것이었으니까.

그런 것을 아는지 모르는지 지현은 종남의 일이 자신들과는 아무 관련도 없다는 것을 설명하기 위해 분주했다. 그 모습을 한참 동안 바라보던 세영이 지현의 어깨에 손을 얹었다.

"왜?"

뒤를 돌아보는 지현에게 세영이 고개를 저어 보였다.

"저들은 네 이야기에 관심 없어."

"그게 무슨……."

"종남의 일은 차치하고서라도… 우리를 살려 보낼 생각이 없으니까."

"아니, 왜?"

지현의 반문에 세영이 피식 웃었다.

"이유야 여러 가지를 댈 수 있겠지만, 아마 지금은 우리가 무극검웅을 죽였다는 황당한 사유를 들겠지."

두 사람의 대화를 듣던 매화검존이 순간 검을 높이 들었다.

"악도들이 자신들의 죄를 시인했다. 놈들을 죽여 백도의 기치를 드높여라!"

매화검존의 고함이 터지자마자 사방을 에워싸고 있던 수백의 오악검과 검수들이 일제히 세영과 일행을 향해 노도처럼 밀어닥쳤다.

제70장
대부분이 모르는 과거

 태산의 검은 무겁고, 항산의 검은 사나우며, 형산의 검은 은밀하고, 숭산의 검은 곧다. 그리고… 화산의 검은 화려하다.

 오악검파가 가진 검술의 극치들이 일세히 쏟아졌다. 그 검의 비를 맞아 나간 것은 철환이었다. 열다섯으로 시작된 철환은 어느새 20개로 늘어나 있었다.

 그 20개의 철환이 스치고 지나간 곳에선 어김없이 피가 튀었고, 뼈가 으스러졌다. 2천의 검수들이 절반으로 줄어드는 데 걸린 시간은 겨우 이각 남짓이었다.

 그 짧은 시간에 추풍낙엽처럼 쓰러진 검수들을 밟고 앞으로 나선 이는 바로 세영이었다. 빈틈없이 회전하는 10개의 철환은 마치 그를 보호하듯 주변을 휘돌았고, 나머지 10개의 철환은 적을 찾아 사방을 휘저어 댔다.

검으로 막으면 검을 부수고, 장으로 막으면 손바닥을 으스러트렸다. 만부부당, 그 말이 이처럼 어울린 적이 없을 지경이었다.

하지만 그것은 한 검수의 짧은 중얼거림으로 커다란 변화를 맞았다.

"왜 저자에게만 공격을 국한하는 거지?"

그 중얼거림을 들은 매화검존의 검이 뒤에 멀뚱히 서 있던 일행에게 향했다.

"놈의 일행부터 죽여라!"

그 명에 세영에게 집중되던 오악검과 검수들의 움직임이 일시에 주변으로 퍼져 나갔다.

푸확-

세영의 몸 주변을 돌던 철환 10개가 일시에 풀어지며 뒤를 덮쳤다.

그를 두고 일행에게 달려가던 검수들 수십은 바로 그 철환의 무시무시한 돌진에 피떡이 되어 나뒹굴었다. 하지만 모두를 막기엔 검수들의 수가 너무 많았다.

그리고 곧바로 일행 모두는 싸움에 휘말렸다.

싸움의 결과는 경악 그 자체였다.

자신들의 모든 것을 걸고 소집한 오악검파 2천의 검수가 전멸당해 버렸다. 화산을 중심으로 한 오악검파는 그 충격에서 좀처럼 헤어 나오지 못했다.

물론 비호대의 피해가 없었던 것은 아니다. 그 싸움에서 하북삼흉의 둘을 잃었고, 좌청이 회복 불능의 중상을 입었다.

사실 그 모든 피해는 저들의 공격이 지현에게 집중되면서 일어난 일이었다. 그녀를 구하기 위해 하북삼흉의 진이 흩어지며 틈을 보였고, 절체절명의 순간 좌청이 그녀 대신 몸으로 검을 받았던 것이다.

동료를 잃은 비호대의 복수는 무서웠다. 화산은 두 시진 만에 시체로 도배되어 불길에 휘말렸다. 얼마 안 가 몰려온 속가들에 의해 곧바로 화마는 잡혔지만, 대부분의 건물은 화재로 소실된 이후였다.

더구나 죽어 나간 화산의 고수들은 그들로서도 살려 낼 수 없었다.

백도 전체로 소문이 퍼져 나갔다. 종남과 화산이 악도에게 당했다고. 그리고 그 악도들의 중심에는 고려에서 온 세영이 있다고……

반쯤은 억울한 그 소문은 무서운 속도로 퍼져 나갔고, 세영과 일행은 하루에도 서너 차례씩 백도 문파들의 습격을 받아야 했다.

맨 처음에는 아무것도 아니었다. 습격이라고 해 봐야 피라미 같은 군소 문파들의 공격이라 충분히 격파가 가능했으니까.

다만 그 횟수가 너무나 많았다. 가랑비에 옷 젖는다고, 습격의 횟수가 늘어나면서 비호대원들의 부상이 늘어났다. 그리고 일행의 피로함은 상상할 수 없을 정도로 높아졌다.

그 와중에 미친 듯이 복수와 살육에 빠져 있던 하북삼흉의 대형이 죽어 나갔다. 중상을 제대로 치료하지 못한 좌청은 의식을 좀처럼 찾지 못했고, 살마는 한 팔을 잃었다.

무언가 대책이 필요하다는 인식이 일행들 사이에 퍼졌지만 섣불리 움직일 수도 없었다. 그들이 내딛는 걸음걸음마다 백도의 습격이 이어졌기에.

그렇게 이어지던 습격에 끝내 서른여섯 백도 무인들의 목숨과 살마를 바꾸어야만 했다. 한 팔을 잃은 것이 결정적이었다. 잃어버린 팔은 공격력만 앗아 간 것이 아니라 균형 감각마저도 빼앗아 갔다.

그 탓에 방어력이 형편없이 떨어졌다. 그 사이를 비집고 들어온 백도무인들의 검을 살마는 모두 막지 못했던 것이다.

살마를 잃은 이후, 세영은 일행의 전진을 멈춰 세웠다. 그리고 적지 않은 부상을 입은 일행을 데리고 모습을 감췄다.

백도 전체가 나서서 도주한 그들을 찾았다. 하지만 그들의 모습은 좀처럼 발견되지 않았다.

❀　❀　❀

　모처의 심중, 학사풍의 사내 하나가 수하의 보고를 듣고 있었다.
"놈이 눈치챈 것 같습니다."
"어떻게?"
"동료들이 당한 것이 실수이거나 중과부적이 아니라 느낀 듯합니다."
"근거가 있는 추리인가?"
"투입되었던 아이들 여섯 중 넷이 목이 없는 시신으로 돌아왔습니다."
　수하의 보고에 눈썹을 꿈틀거린 학사풍의 사내가 바라보던 서책에서 시선을 들었다.
"어째서 그런 피해를……?"
"보고에 의하면 놈은 집중적으로 우리 아이들을 노렸답니다."
"그 말은……?"
"분명 백도 무인들 속에 섞인 우리 아이들을 구별해 냈을 가능성이 높다는 것이 군사부의 의견입니다."
"흠……."

침음을 흘리는 사내에게 수하가 조심스럽게 물었다.

"어찌하올지……?"

"누가 대기 중인가?"

"칠검과 팔도가 가내에 대기 중입니다."

"오령은?"

"어제 태상의 명을 받고 팽가를 저지하러 떠났습니다."

"아! 팽가… 이 멍청한 인사들……."

"겁에 잔뜩 질린 패천도황이 하도 성화를 떠는 통에……."

"그래서 오령을 내보낸 것인가?"

"예, 오령에는 도왕이 속해 있는 터라……."

도왕, 그는 한 세대 전에 하북팽가를 대표하던 고수였다. 당시 10대 고수였던 삼존 오왕 이군 중 허리에 속한 오왕의 일인이었다. 그리고 당시 오왕의 전원이 바로 지금의 오령이 되어 있었다.

"흠… 하긴 아직 팽가를 버리기엔 좀 이르지."

"그렇습니다. 해서 팽가를 지탱해 줄 대들보가 필요한 까닭에……."

"잘했네."

사내의 칭찬에 고개를 조아렸던 수하가 조심스럽게 물었다.

"하면 누굴 내보내올지……?"

"칠검으로 하지. 놈들이 벌인 일을 보면 팔도로는 조금 버거워 보이니 말이야."

"예, 태상. 하옵고······."

주저하는 수하를 바라보며 사내가 부드러운 음성으로 물었다.

"왜, 할 말이라도 있는 겐가?"

"그것이··· 일전에 알아보라 하신 것에 대한 결과가 나왔습니다."

"일전에 알아보라고 한 거?"

"방해물의 정보··· 말입니다."

"아! 그래 어떤 결과가 나왔던가?"

사내의 물음에 수하가 조심스런 음성으로 답했다.

"그게··· 고려인입니다."

순간 사내의 표정이 굳었다.

"고려··· 인?"

"예."

"고려인이 왜 몽고에?"

"고려 조정의 명으로 몽고에 파견된 관리랍니다."

수하의 답에 사내의 표정이 잔뜩 일그러졌다.

"멍청한 놈들! 그렇게 당하고서도 제 손으로 그 정도의 인물을 내주었단 말인가!"

"파악된 바로는 죽기 직전에 몽고의 관리에게 구해진 것으로 압니다. 하여 그 방편으로 중원으로 진출한 것으로 파악되었습니다."

"도무지 무얼 하는 나라인지······."

학사풍의 사내는 고려에 대해 깊은 회한을 가진 듯이 보였다. 그런 사내에게 수하가 보고를 이었다.

"그리고 그의 무공 원류에 대해 조사하던 중에······."

"···중에?"

"혹··· 가람검이라고 들어 보셨습니까?"

수하의 물음에 사내의 표정이 완전히 굳었다.

"지금 무엇이라 하였더냐?"

"가람검이라고······."

수하의 답에 경악에 겨워 어쩔 줄 몰라 하던 사내가 한참만에 물어 온 것은 어떤 사람의 이름이었다.

"혹시 우리가 쫓는 장애물의 이름이 이량, 아니 담운 선사라 불리기도 한다던가?"

"장애물의 이름은 박세영, 칠 대를 이어 오는 포교 집안의 아들이라 알고 있습니다."

"박세영······."

아무리 기억을 뒤져 봐도 사내의 기억 속엔 없는 이름이다. 하지만 가람검이라면······.

"혹··· 그의 스승을 확인할 길이 없나?"

"더 알아보겠습니다."

"그것을 알기 전엔··· 움직이지 말라."

"하오나 칠검이라면 충분히……."

수하의 말에 사내의 고개가 저어졌다.

"그가 정말로 가람검의 문하이고, 그 깨달음이 여덟 개의 심상 고리를 넘어섰다면… 칠검이 아니라 거기에 팔도를 얹고, 오령이 합세한다 해도 어쩔 수 없는 상대다."

사내의 말에 이번엔 수하의 얼굴 가득 경악이 어렸다. 그런 수하에게 사내가 말했다.

"일단은 지켜봐."

"그게… 어디로 숨어든 것인지 아직 찾지 못하여……."

"그가 가람검의 문하라면… 그는 숨은 게 아니라 우리의 시야에서 사라졌을 뿐이다."

"예?"

어리둥절한 모습으로 반문하는 수하에게 사내가 진중한 음성으로 명했다.

"뒤를 조심해라. 살법에도 조예가 깊은 이들이 바로 가람검이다. 그러니 경계에 만전을 기하고, 내 허락 없이는 세가를 나서는 이들이 없게 하라."

"서, 설마 그렇게까지……?"

"이것은 부탁이 아니라 명이니라."

사내의 입에서 명이라는 말이 거론되자 수하가 바짝 엎드렸다.

"조, 존명!"

바닥에 고개를 처박고 바짝 엎드린 수하를 일별한 사내가 손을 내저었다.

"나가 보라."

"예, 태상."

고개를 들지 못한 채 무릎걸음으로 수하가 물러가자 홀로 남은 사내의 시선이 멀리 동쪽을 향했다.

적지 않은 세월이 지났건만 아직도 잊히지 않는 자신의 뿌리가 있는 곳을 향해. 그러다 보니 자신이 처음 이 땅에 발을 디딘 이유가, 그리고 그 후의 일들이 주마등처럼 스쳐 지나갔다.

❈   ❈   ❈

중원 동쪽의 제일문은 장백산 기슭에 자리 잡은 장백검문이다.

그곳은 오랜 세월을 이어 오며 중원의 구파에 들 때도 있었고, 새외 지문이라 분류된 적도 있었다.

한때는 동이, 고려의 무파로 취급되기도 했다.

그 6백 년 장백검문의 산문이 무너지고 장원 전체가 피로 도배가 되었다.

홍수가 봇짐을 고쳐 메고 떠난 장백검문은 거대한 무덤으로 변해 있었다.

그런 장백검문의 정문에는 피로 쓴 글귀가 남았다.

〈돌려다오!〉

때마침 불어온 피 냄새가 서풍에 실려 서쪽으로, 서쪽으로 향했다.

회의장은 침통했다.
동쪽 제일문인 장백검문부터 시작된 혈겁은 길게 핏자국을 끌며 점차 남쪽으로 내려오고 있었다.
"이미 여덟 개 문파, 네 개의 세가가 당했습니다. 흉수는 한 명이고, 장검을 씁니다."
군사의 보고에 장로 한 명이 물었다.
"흉수가 한 명이고, 장검을 쓴다는 건 어찌 안 거요?"
"처음 손을 댄 장백검문부터 흉수는 여인과 아이, 노인에겐 손을 대지 않습니다. 따라서 변을 당한 문파마다 생존자가 많습니다. 정보는 바로 그들에게서 나왔습니다."
"하면… 흉수가 원하는 것도 알려진 게요?"
"흉수가 원하는 것은 뚜렷하지 않습니다. 어떤 문파에서는 사람을 찾았고, 또 어떤 곳에선 물건을 찾았습니다. 아시다시피 거절은 피로 갚았습니다. 그리고……."
"뭔가?"

조용하던 가주의 물음에 군사가 고개를 조아렸다.

"피해를 당한 문파나 세가의 정문에 항상 피로 글귀 하나를 남기고 갑니다. 이것이 바로 그것이온데……."

군사가 꺼내 든 것은 꽤나 커다란 종이였다.

"돌려다오?"

"장춘의 백산검문에서 탁본을 떠 보내온 것입니다."

"그 글이 무엇을 뜻하는지는 알아보았나?"

"피해를 당한 문파에서 물었던 것도 그렇고, 일정한 선을 따라 움직인 것으로 보아 아마도 누군가가 이자에게서 소중한 것을 앗아 간 것으로 여겨집니다."

"물건을 도둑맞았다고 혈겁을 일으키고 있다는 소린가?"

"그것이… 아무래도 그가 찾는 것은 물건이 아니라 사람 같습니다."

"사람?"

"예, 가주님."

"그럼… 혹, 대상이 죽은 것은 아니고?"

"사실 그 부분에 있어서 군사부도 많은 것을 고심해 보았습니다. 죽은 이의 목숨을 돌려달라는 뜻으로 그렇게 썼을 수도 있을 것이란 생각 때문이었습니다."

"해서, 결론은?"

"송구합니다……."

답을 내리지 못했단 소리였다. 제갈세가에 밀려났다고는

하지만 그래도 명색이 강호이대지가(江湖二大智家) 중 한 곳으로 불리는 모용세가다.

 그런 곳의 군사들이 그런 것 하나 해결하지 못한다는 말에 가주의 얼굴에는 못마땅한 표정이 드러났다.

"결국 알아낸 것은 하나도 없다는 소리로군."

"……."

 군사가 곤혹스러운 표정으로 아무 말 없이 고개를 조아리는 것을 바라보며 가주가 물었다.

"살았건 죽었건 복수일 가능성이 높다는 소린데……. 그러면 문제가 좀 복잡해지는 거 아닌가?"

"그렇습니다. 복수행이면 흉수의 의중을 가늠하기는 어렵습니다."

 군사의 답에 가주를 비롯한 장로들의 표정이 어두워졌다. 복수행이라면 그 끝이 어디까지 이어질지, 자신들은 비켜갈 수 있을지 제대로 알 수 없기 때문이다.

"그가 찾는다는 사람이나 물건들은 알아보았나?"

"그게… 생존자들이 그 부분에 대해선 입을 다물고 있습니다."

"생존자들이 입을 다문다면… 뒤가 구리다는 소리로군."

"아무래도 그런 것 같습니다."

"우리와 연관될 가능성은?"

 가주의 물음에 군사가 답했다.

"조사 중입니다."

"그 조사 결과는 믿을 수 있고?"

"그것이……."

믿을 수 있을 리가 없다. 그가 원하는 것들이 뭔지도 모르는 상태에서 이쪽과 연관되어 있는지 알 리가 없었다.

"답은 나와 있는 셈이로군. 척살대를 꾸려. 구성해야 할 수준은 어떻게 보나?"

"군사부에선… 태상가주께서……."

"험험."

"허험!"

군사의 말이 끝나기도 전에 사람들의 눈살이 찌푸려지고 사방에서 헛기침이 나왔다. 하지만 가주는 동요 없이 물었다.

"이유가 있겠지?"

"장백검문의 문주였던 일섬검공(一閃劍公)은 자타가 공인하는 백대고수 중 한 명이었습니다. 그는 목 없는 시체로 발견되었습니다."

"하지만 그에 대한 평가는 그다지 높지 않았다."

"맞습니다. 그는 백대고수 중 가장 아래에 위치해 있었습니다. 하지만 그렇다고 초극의 극의였던 그의 경지를 부정할 수도 없습니다. 따라서……."

"놈을 상대하려면 최소 백대고수는 되어야 한다는 말이

로군. 그것도 상당한 위험을 감안한 채 말이야."

"예, 그렇습니다."

군사의 답에 가주가 자리에서 일어섰다.

"아이들을 준비시키게. 내가 직접 아버님을 모시고 나갔다 오지."

자신의 말에 놀란 장로들이 일어서는 것을 가주가 제지하며 말을 이었다.

"위험은 애초에 제거하는 것이 좋아. 이대로 내버려 두다가 그자가 우리에게 다가오면……."

"그들과 우리와는 다릅니다. 피해를 입은 무문들 중 가장 큰 장백검문도 우리와 비교하면 절반 이하의 세력입니다."

"알아, 우리가 당하지 않을 것이라는 걸. 하지만 귀는 우리만 있는 게 아니다. 다른 곳들도 이번 일이 복수행이라는 걸 알아차렸을 거란 소리지. 그런 상황에서 놈이 우리 모용세가로 온다면……."

모용세가도 무언가 잘못을 저질렀다는 의미가 된다. 그 뜻을 알아들은 사람들의 입이 다물렸다. 하지만 외총관은 기어코 한마디 말을 더 꺼내 놓았다.

"몇몇이 나가서 막기엔 위험도가 너무 높습니다. 어차피 지난 세월 동안 떨어질 대로 떨어진 체면입니다. 그깟 체면, 좀 더 구긴다고 달라질 것은 없지 않겠습니까?"

외총관의 말에 그에게 시선을 돌린 가주가 말했다.

대부분이 모르는 과거 • 109

"체면만이라면 틀린 말은 아니겠지. 하지만 그렇게 기다리는 동안 다른 곳이 먼저 나선다면? 일 벌이기 좋아하는 팽가라도 나서는 상황이 오면?"

요사이 남쪽에 어용 세가를 세워 비밀리에 세력을 확장한다는 의심을 받고 있는 팽가였다. 그들이 이곳에도 손을 뻗는다면…….

위험을 알아차린 외총관이 입을 다물자 가주가 말했다.

"삭초제근(削草除根), 뿌리까지 뽑아 만일에 대비한다."

가주의 말에 장로들이 일제히 고개를 숙였다.

"명!"

그날 해가 저물어 가는 모용세가의 정문을 20여 명의 무사들이 나섰다.

※ ※ ※

몽골은 요동을 차지한 후, 그들의 중심지를 심양으로 삼았다. 그런 이유로 요동의 물산이 심양으로 모여들었다.

그 덕에 요동은 절반이 황무지임에도 불구하고 번화했고, 풍성했다.

그런 심양의 번화가 속 객잔 골목으로 사내 한 명이 들어서고 있었다.

사내는 미장부도 아니었고, 입성도 초라했다. 거기다 나이도 젊지 않았다.

그런 사내가 한 객잔에 들어 자리를 잡고 앉자 묘한 분위기가 흘렀다.

오죽하면 한낮 무더위의 파리 떼조차 접근하지 않을 정도로…….

"무, 무엇을 드릴까요?"

산전수전 다 겪었다는 심양 객잔의 점소이가 두 걸음이나 떨어진 채 말을 더듬고 있었다.

"물."

"예?"

자신이 잘못 들었나 싶어 되물었지만 돌아오는 것은 눈을 후벼 파는 것 같은 시선이었다.

"히끅, 아, 알겠습니다."

마치 뭐에 데기라도 한 듯 점소이는 화들짝 놀라 주방으로 달려갔다.

그런 점소이의 뒷모습에서 천천히 눈을 돌리던 사내의 시선으로 네 사람의 모습이 들어왔다. 그들 중 한 명, 홀로 삿갓을 쓰지 않은 이가 물었다.

"이름 류경, 맞는가?"

"무슨 일이지?"

"의뢰를 거절한다."

삿갓을 쓰지 않은 이의 말에 사내가 물었다.

"이유는?"

"금액이 적었다."

"난 삼십 냥을 다 채웠다."

"그건 네 생각이고, 우린 그 이상의 정보료가 필요해."

"그럼… 얼마가 더 필요하지?"

"금자 만 냥."

상대의 답에 사내의 눈썹이 꿈틀거렸다. 하지만 그뿐, 탁자에 둔 기다란 헝겊 뭉치로 이동하던 사내의 손은 중간에서 멈추었다.

"나중에 찾아가지. 내 의뢰비는?"

"우리의 출장비로 충당한다."

"어쭙잖은 짓 말고 어서 돌려주는 게 좋아."

사내의 말에 삿갓을 쓰지 않은 이가 답했다.

"염왕 사살의 출장비로 금자 삼십 냥이면 싼 거다."

"두말 않는다. 돌려줘."

"말귀를 못 알아듣는군. 그건 우리의 출장비였다니까? 그럼 나중에 보자, 네놈에게 금자 만 냥이 생긴다면 말이야."

삿갓을 쓰지 않은 이의 말에 사내의 입가로 비틀린 미소가 어렸다.

피식-

"세상 모든 정보가 네들 손아귀에 있다며. 한데 날 모르는군."

"무슨……?"

말은 맺어지지 못했다. 목이 날아간 자가 말을 할 수는 없는 법이니.

목을 잃은 몸뚱이가 천천히 뒤로 쓰러지는 것과 동시에 삿갓을 쓴 3명의 검객이 사내를 덮쳐 왔다.

여전히 공중에는 앞서 목이 날아간 몸뚱이에서 뿜어져 나온 피가 떠 있었다. 사내의 손은 마치 그 피들을 훑어 내는 듯 움직이다 벼락처럼 뿌려졌다.

퍼버버벅-

공중으로 떠올랐던 3명의 검수는 마치 허공에서 수많은 총탄을 맞은 듯 바둥거리다 속절없이 떨어져 내렸다.

털썩- 터, 털썩!

우당탕탕탕-

그제야 사람들이 놀란 채 분분히 자리에서 일어섰다.

목이 날아가는 순간 기겁했던 것이 이제야 행동으로 이어졌으니, 삿갓을 쓴 이들과 사내의 움직임이 얼마나 빨랐는지 알 수 있었다.

목 없는 시신의 옷에 손을 닦은 사내는 죽어 나자빠진 넷의 품속을 모조리 뒤졌다.

쩔그렁.

사내의 눈살은 깊이 찌푸려졌다.

손바닥에 올린 돈은 고작 철전 6닢뿐이었다. 자신이 산신

묘에 가져다 놓았던 금자 30냥은 둘째치고, 그 비슷한 금액도 나오지 않았다.

 사내는 두말없이 죽은 이들의 검을 회수해 객잔을 나섰다. 그런 사내를 아무도 잡지 못했다.

제71장
새로운 초인의 등장

 멀어져 가는 사내를 물끄러미 바라보는 요동검현(遼東劍賢)에게 섬현검(閃賢劍)이 물었다.
 "어찌 그냥 두셨습니까?"
 "저자의 한 수, 제대로 보았더냐?"
 "흡자결에 발경… 어려운 수는 아니라 보였습니다만."
 섬현검의 말에 요동검현이 고개를 저었다.
 "아니, 그는 내력을 쓰지 않았다."
 "예?"
 "그냥 공중의 피를 잡아 허공으로 뿌렸을 뿐이란 말이다."
 요동검현, 부친의 말에 섬현검은 고개를 갸웃거려야 했다.

내력을 사용하지 않고서야 어찌 피를 그 형태 그대로 유지한단 말인가?

아니, 설령 기이한 수법을 통해 그것이 가능하다고 해도… 그냥 팔 힘만으로 뿌린 피가 사람의 몸을 관통한다? 절대 있을 수 없는 일이었다.

아들의 의문을 알아차린 요동검현이 말을 이었다.

"나도 방법은 모른다."

섬현검의 눈에서 의문이 사라지고 대신 경악이 들어섰다.

그 말을 하는 부친의 경지는 초극의 극의. 하지만 그 벽을 반쯤은 허물어 이제는 신화경의 초입이라는 화경이 코앞인 절대고수였다.

그 덕에 제하삼십이대고수의 수좌로까지 거론되는 요동검현이 방법을 모른단다. 그건 상대의 능력이 그의 경지를 뛰어넘는다는 말과 같았다.

"서, 설마요……."

섬현검은 그리 말할 수밖에 없었다.

"얼어나 보자."

"추적하실 생각이십니까?"

"한 번 더 봐야 할 것 같구나."

요동검현의 말에 섬현검와 모용세가의 무사들은 두말없이 자리에서 일어섰다.

그렇게 모용세가의 무사들이 피와 시체, 그리고 비명으로 혼란스러워진 객잔을 나섰다.

 뒤늦게 따라나선 데다 부득불 그냥 걷자는 요동검현의 의견에 사내의 모습은 놓치고 말았다.

 하지만 그가 향한 방향은 어렵지 않게 알 수 있었다. 가는 길목마다 염왕전 무사의 시신이 이정표처럼 남겨진 까닭이다.

"이번이 다섯 번째입니다."

"이번에도 염꾼인가?"

"예, 수중에서 나온 염라패의 뒷면에 염꾼이란 글귀가 새겨져 있습니다."

 수하의 답에 섬현검의 시선이 저만치 동산 아래를 바라보는 요동검현에게 걸렸다.

"어디를 보십니까?"

"저곳."

 요동김현의 손가락을 좇으니 작지 않은 장원이 내려다보였다.

"염왕전 심양 분타입니다."

 어느새 옆에 와 선 수하의 보고에 섬현검의 고개가 끄덕여졌다.

 한데 동산 아래서 불어오는 바람결에 비명이 들려왔다.

"이건……!"

"허허, 명불허전이로구나."

새로운 초인의 등장 · 119

요동검현의 음성에 장원을 내려다본 섬현검이 고개를 갸웃거렸다.

"뭐가 보이십니까?"

"이건 정말 괴물이로구나."

"괴물… 이요?"

"그래. 나는… 검을 저리도 쓸 수 있다는 것을 처음 알았다. 저래서야 도와 검이 다를 게 없지 않은가."

부친의 말에 섬현검의 눈이 왕방울만 해졌다. 부친인 요동검현이 검 예찬론자인 것을 잘 알기 때문이다. 오죽하면 요동검현의 이름에 따라붙는 말이 '십만 검, 일십 도'일까. '백일 창, 천일 도, 만일 검'이라는 말을 요동검현이 비틀어 놓은 것인데, 그 정도로 요동검현의 도에 대한 비판과 검에 대한 찬양 이론은 상당히 탄탄했다. 오죽하면 한 성질 하기로 유명한 팽가의 도왕이 그 논쟁에서 졌을 정도로 말이다.

"뭐가 보이시는 겁니까?"

조심스런 섬현검의 물음에 요동검현이 그를 돌아보았다.

"아직도 그리 눈이 어두워서야……."

탐탁지 않아 하는 부친의 음성에 섬현검은 가슴이 아렸다. 초극의 극의에 올라선 지 벌써 20년째다. 하지만 여전히 초입……. 그 탓에 아직도 장백의 일섬검공과 함께 백대고수의 말단에 서성이고 있었다.

석년 이맘때 이미 백대고수의 수좌로 거론되던 부친에 비하면 더디고 또 더딘 발전이었다. 그것이 섬현검의 입을 막았다.

 그런 아들을 바라보던 요동검현이 말을 이었다.

 "오늘부로 염왕전 심양 분타는 문을 닫을 것 같구나. 다시 무사들을 보내 열지 않는다면 말이다."

 그 말에 심현검은 다시 입을 열지 않을 수가 없었다.

 "하면 염왕전 심양 분타의 무사들이 모조리……?"

 "그래, 한 스물 정도는 되는 것 같은데 모조리 목이 달아났다. 대단한 자야, 허허!"

 요동검현은 뭐가 그리도 특별했던지 감탄을 멈추지 못했지만, 사실 염왕전의 일개 분타를 날려 버렸다는 것은 그리 놀랄 일은 아니었다.

 막말로 뒤에 늘어선 모용세가의 무사들 중 한 명만 보내도 염왕전이 일개 분타 정도는 순식간에 도륙해 버릴 수 있었기 때문이었다.

 그 탓이었을 거다, 부친의 평가를 못 믿는 말을 내뱉은 것은.

 "너무 과한 평가가 아니실지……?"

 그런 섬현검을 힐끗 돌아본 요동검현이 탐탁지 않은 표정으로 답했다.

 "과하지 않다."

"그, 그렇습니까?"

"그래. 그리고… 이만 세가로 돌아가자꾸나."

난데없는 요동검현의 말에 섬현검이 놀란 표정으로 물었다.

"예? 하, 하면 장백혈마는 어찌합니까?"

장백검문에서 시작된 혈사를 일러 사람들은 장백혈사(長白血事), 그 흉수를 장백혈마(長白血魔)라 불렀다.

"우리와는 상관없는 사람이다."

"우린 아직 그를 만나 보지도 못했습니다. 너무 성급한 판단은 아니실지……?"

"이미 봤잖냐? 저런 인물과 척을 졌다면 세가는 이미 오래전에 결단이 났을 게다. 그러니 돌아가도 돼."

요동검현의 말에 동산 아래 염왕전 분타와 부친의 얼굴을 번갈아 바라보던 섬현검이 물었다.

"하면 혹시 저기 있는 저자가……?"

"이미 내 수준을 넘어섰다. 확실히 초인이야."

초인, 달리는 신화경의 초입이라 부르는 화경에 들어선 이를 말한다. 물론 그 위 단계인 현경도 여기에 포함된다.

그로 인해 신에 다가서기 직전인 현경의 극의를 사람들은 신인이라 부른다. 당금 강호에 그런 이는 단둘, 이황만이 존재했다.

결국 요동검현의 결정을 섬현검이 받아들임으로써 모용

세가의 무사들은 발길을 돌렸다.

그들이 떠나가는 동산을, 피로 점철된 염왕전의 분타 안에 있는 류경이란 사내가 바라보고 있었다.

❀　　❀　　❀

강호는 물론이고 관부와 세외까지 세상 모든 정보를 주무른다는 염왕전 요동 지부에 붉은 주사로 쓰인 전서가 날아들었다.

전서를 펼쳐 든 서기의 눈이 화등잔만 해졌다. 서기의 놀람만큼이나 전서는 지부장에게 빨리 전달되었다.

"이게 무슨 일이야? 사살이 죽어?"

"예, 지부장님."

전서를 관리하는 이략의 답에 지부장 곽인의 눈이 가늘어졌다.

"한데 흉수를 모른다?"

"추적에 나섰던 염꾼 다섯이 시신으로 발견된 탓에……."

염왕전의 정보는 염꾼이라 불리는 특수 요원들에 의해서 수집된다. 그들 한 명당 최하 수십 내지 수백의 정보원을 거느리고 있었다.

당연히 일반 문파의 정보 요원과는 질적으로 다른 이들이다. 단순히 누군가를 쫓다 죽어 나갈 만큼 허술한 이들이

새로운 초인의 등장 • 123

아니라는 뜻이었다.

"혹 백대고수라도 건드린 거야?"

초극의 극의, 초인의 문턱을 밟은 이들을 이름이다. 그들을 건드렸다면 사살이나 염꾼이 아니라 향도군(香徒軍)이 나서도 다를 게 없을 것이다.

"근처에 모용세가의 태상가주와 가주가 나타났었다는 정보는 있었지만… 이들과 부딪친 적은 없었습니다."

"뭐야? 그럼 사살은 둘째치고, 염꾼만 해도 다섯이야. 그 이하에선 불가능해."

"관이라면……."

"관부가 왜? 지금 그들의 눈과 귀의 역할을 해 주는 곳이 바로 우리야. 눈과 귀를 스스로 자르는 이는 없는 법이다."

"하오면 어찌……?"

"뭔가 놓친 것이 있다. 찾아라, 하루를 준다."

"명!"

이략이 나가자 곽인은 전서를 와락 구겼다. 얼마 안 있으면 인사이동이 있을 시기에 이런 일은 결코 자신에게 득이 되지 않았기 때문이다.

그날 오후, 곽인은 조금 더 황당한 전서를 받아야만 했다.

"심양 분타가 날아가?"

"그게… 향도군 셋이 죽고, 분타주와 부분타주의 목이 꺾였습니다."

 이럭의 답에 인상을 잔뜩 찌푸린 곽인의 물음이 이어졌다.

"흉수는?"

"동… 일인입니다."

"누구와? 설마… 사살의 일을 저지른 놈?"

"예."

"목적은?"

"그것이… 은자 오백구십구 냥과 철전 너 푼을 가져갔답니다."

"은자 오백구십구 냥과 철전 너 푼? 심양 분타에 있는 돈이 그뿐이었나?"

"그건 아니고… 전표와 금자가 더 있었지만 딱 그것만 가져갔다고……."

"이유는? 그런 말도 안 되는 짓을 벌였을 때는 이유가 있을 게 아니야?"

 곽인의 호통에 이럭이 조심스럽게 답했다.

"놈이 의뢰를 했던 모양입니다."

"한데?"

"그게… 의뢰가 너무 개인적인 것이라 우리 쪽이 가진 정보가 없었답니다. 해서 반려를 했는데……."

"그럼 뭐야? 의뢰를 안 받아 줬다고 난리를 치고 있다는 거야?"

"그것이 아니라……."

"이랴, 지금 나와 장난하나?"

"아, 아닙니다, 지부장님."

"그럼 제대로 보고해!"

"아, 알겠습니다. 놈의 의뢰비를 사살이 제대로 돌려주지 않았던 모양입니다."

"그럼… 지금 의뢰비를 돌려받으려고 사살과 염꾼 다섯을 죽이고, 그도 모자라 심양 분타를 날려 버렸단 말이야?"

"믿기지 않지만… 그런 것 같습니다."

몽고가 들어서며 성세를 달리고 있는 염왕전이다. 일개 분타라고는 하지만 절정의 고수인 향도군이 셋이나 머물고 있는 곳이었다. 그 이하의 무사는 스물에 가깝다.

그런 곳이 날아갔다. 더구나 심양 분타주는 초절정에 이른 녀석이었다. 제 아비의 후광을 믿고 함부로 나대는 재수 없는 놈인 것은 분명했지만, 실력만큼은 발군이었던 녀석이다.

"하 장로가 알면 가만있지 않겠군. 정보는 통제하고 있겠지?"

"그게… 분타에서 이미 본문에 알린 모양입니다."

"빌어먹을 새끼들!"

분타주를 닮아 재수 없는 새끼들뿐이다. 분타를 관리하

는 지부의 처리를 기다리지 않고 직접 본문에 상신하다니, 다른 곳 같았다면 연관된 자들을 모조리 색출해 목을 비틀어 놓았을 것이다.

"어찌… 할까요?"

"뭘 어째? 흉수 놈을 추적하고, 추살대를 구성해야지. 파악된 놈의 경지와 위치는?"

"어, 없습니다."

"뭐?"

어이없는 표정으로 바라보는 곽인에게 이략이 고개를 푹 숙인 채 보고했다.

"심양 분타가 보유했던 염꾼 다섯은 이미 죽은 뒤라……."

"빌어먹을! 생존자는?"

"일꾼들과 아녀자들은 모두 살아남았습니다."

"용모파기 작성해서 지부에 속한 모든 분타에 뿌려. 놈의 행적이 발견되는 대로 척살대를 투입한다."

곽인의 말에 이략이 종이 한 장을 건넸다.

"그렇지 않아도 생존자들이 용모파기를 그려 함께 보내왔습니다."

자신이 내민 용모파기를 살펴보는 곽인에게 이략이 설명했다.

"보시면 아시겠지만 복색이 특이합니다. 아무래도 신강이나 청해 쪽에 있는 소수민족의 복색이 아닐까 싶습니다.

해서 마교 쪽에 비중을…….."

이럌의 설명을 곽인이 잘랐다.

"아니, 이건 고려의 복색이다."

"고… 려요?"

"그래, 그것도 문인들의 복색인데……."

이곽이 들고 있는 용모파기엔 고려 문인들이나 입는 옷을 입은 선한 인상의 사내가 그려져 있었다.

🙞　　🙞　　🙞

자신의 돈을 찾은 류경은 하오문 심양 분타를 찾았다.

중원에서 염왕전 다음으로 거론될 만한 정보 상인은 개방이었다. 하지만 그곳은 강호 무림의 정보만 관리할 뿐, 일반인의 정보는 모으지도, 취급하지도 않는다는 소리를 들었기 때문이었다.

하지만 금자를 30냥씩이나 내놓고도 하오문으로부터 류경이 들은 답은 한 가지뿐이었다.

"이런 정보를 취급하는 곳은 염왕전뿐입니다. 설사 직접적인 정보를 가지고 있지 않다고 해도 주변 정보를 취합해 알아낼 수 있는 곳도 중원에서는 염왕전뿐이지요. 그곳으로 가시는 방법밖에 없습니다."

하오문 심양 분타 총관이라는 자는 그 말과 함께 금자 28냥을 내밀었다.

"두 냥은 정보를 제공할 수 있는지를 알아본 수수료입니다. 이해하시길 바랍니다."

결국 류경은 아무런 소득 없이 하오문 심양 분타를 나올 수밖에 없었다.

그는 심산유곡을 찾아 폭포 아래에서 몸을 씻고, 마음을 가라앉혔다.

흔적을 쫓아 반년을 헤맸지만, 건진 건 그다지 많지 않았다. 대신 피는 강을 만들고도 남을 정도로 흘렸다.

더 이상 쫓을 곳도, 죽일 자도 없었을 때 기도하는 마음으로 들렀던 곳이 염왕전이었다. 하지만 염왕전은 정보를 제공하는 대가로 너무 많은 돈을 요구했다.

그래서 선택한 곳이 하오문. 그곳의 답은 더 절망적이었다. 이미 피를 본 염왕전밖에는 답힐 곳이 없다는 말은 그에게 막다른 골목을 가리키는 것과 같았다.

"빌어먹을 지나 놈들."

그렇다고 멈출 마음은 추호도 없다. 숨이 끊어진다면 혼백으로라도 찾아나서야 할 판에, 멀쩡히 숨을 쉬면서 찾지 않고 가만히 있을 생각은 없었으니까.

다만 이제는 방법을 바꿔야 했다.

강공을 쓸 수 없다면⋯ 조용히, 이전의 자신을 버리고 그들이 원하는 것을 갖춰야만 했다.

그러자면 시간이 필요했다. 그들이 원하는 것을 내 손에 쥘 때까지.

그때까지는 다시 죽어야만 했다.

폭포 아래에서 나온 류경은 새로 구한 옷을 입었다. 산발이 된 머리도 정리해 영웅건으로 묶었다.

염왕전과 다시 마주해야 하는 이상, 이전의 선비 차림은 불가했다. 더불어 추적의 꼬리조차 남길 수 없었다.

폭포 옆 작은 공터, 땅을 파고 창룡(蒼龍)이란 이름의 애검을 묻은 그 옆에 피에 물든 옷과 찌그러진 관도 함께 묻었다.

언젠가 동네 뒷산에 처음 창룡을 묻던 일이 생각나 씁쓸한 미소가 그의 입가를 감돌았다.

그렇게 류경은 다시금 창룡을 땅에 묻었다.

❀　　❀　　❀

류경은 요동을 벗어날 수 없었다. 자신이 원하는 정보의 실마리가 요동에서 끊어진 탓이었다.

그래서 선택한 게 요동 최대의 항구도시인 대련으로 향하는 것이었다.

요동에서 가장 번화한 곳은 심양이지만 그곳은 이미 자신이 피를 흘린 곳이었다.

 그곳으로 돌아가는 때는 자신이 필요한 것을 갖춘 이후여야 했다.

 그렇게 대련으로 향하던 류경의 발길이 대석이라는, 제법 발달한 도시에서 멈춰졌다.

 심양도 낯설고 어지러웠지만 대석도 그에 못지않은 번화함을 자랑했다.

 요동 전역의 물자가 모여 대련으로 이동하는 길목에 위치한 도시였던 까닭이다.

 그 탓에 대련으로 향하던 발길이 대석에서 멈춰졌다.

 그의 눈에 대석은 충분히 번잡하고, 사람으로 북적거리는 곳이었다.

 어차피 손에 쥔 정보는 모래알보다 적었다. 방법은 그것을 기반으로 정보를 사는 일뿐.

 심양에서 대석으로 오는 동안 류경이 알아낸 것이 있다면 그래도 양아치 같은 염왕전이 중원에선 제일가는 정보상인이라는 것이었다.

 결국 류경에게 남은 것은 금자 만 냥을 벌어야 하는 일뿐이었다.

 지나다니는 사람은 많았지만 대석은 고려와는 물산이 모두 다른 지나의 땅이었다.

 그로서는 어디서 어떻게 돈을 벌어야 하는지 짐작조차

새로운 초인의 등장 · 131

할 수 없었다.

결국 류경은 그렇게 지나가는 이들을 붙잡고 물어봐야만 했다.

"저기……"

아무런 느낌도, 아무런 감각도 없이 뒤에서 들려온 음성에 기철은 기절할 만큼 놀라 뒤돌아섰다.

"뭐, 뭐요?"

단정한 백삼에 영웅건을 맨 30대 장한 한 명이 거기에 서 있었다.

"저기… 돈을 벌 곳이 있겠소?"

"뭐요?"

어이가 없었다. 생면부지의 사람을 불러 세워 놓고 묻는 것이 돈을 벌 곳을 찾는단다.

너무 기가 막힌 까닭에 기철은 방금 전 자신이 소스라치게 놀랐다는 것도 새까맣게 잊어버렸다.

"내가 소개업자처럼 보이오?"

"그건 아니지만… 그래도 답이라도 한 사람은 형장뿐이어서 그렇소."

거짓은 아니다. 혹자는 다가서는 것조차 불편해했고, 말을 시키면 도망가거나 경멸 어린 시선을 주고 몸을 돌리기 일쑤였던 것이다.

"이거야 원……"

평소라면 상대조차 하지 않았을 것이다.

넉 달 후에 잡힌 자신의 성혼식만 아니었다면… 아니, 길일을 잡아 주던 소림의 승려가 액이 낄 수 있으니 그동안 무조건 참고, 좋은 일 많이 하라고만 하지 않았더라도…….

"할 수 있는 일이 무엇이오?"

기철의 물음에 사내, 류경이 반색을 하고 답했다.

"글은 조금 아오."

"글? 그럼 혹시 학사이시오?"

고려에서 학사 소리를 들으려면 국학인 국자감의 교수쯤은 되어야 했다.

"그, 그 정도는 아니고……."

류경의 답에 기철이 물었다.

"하면 글공부는 어디까지 했소?"

"사서삼경과 도덕경, 통감절요, 남화경까진 마쳤소."

류경의 답에 기철은 헛기침을 했다.

"험험! 그, 그 정도면 되었소."

그나마 사서삼경과 도덕경은 알아들었지만 통감절요니 남화경은 제대로 알지도 못했다.

"그럼… 일자리가 있는 거요?"

"일단 따라와 보시오."

사내는 두말없이 따라나섰다. 그 모습에 기철은 실소를 머금었다.

자신이 무슨 마음을 먹고 데려가는지도 모르면서 따라나서는 사내의 태도가 어이없었던 까닭이었다.
 그렇게 한참을 걸어서 도착한 곳은 대석의 외곽에 자리한 거대한 장원이었다.

 〈모용세가 대석 분타〉

 현판을 올려다보는 류경에게 기철이 말했다.
 "내 집이오. 들어오시오."
 앞장서 들어서는 기철을 따라 들어가는 낯선 사내를 수문 위사들은 궁금한 표정으로 바라보았다.
 그렇게 장원 안으로 들어선 류경은 기철이 가는 대로 안으로, 안으로 들어갔다.
 그렇게 한참 들어가서야 멈춘 한 전각 앞, 그곳에서 기철이 안으로 기별을 넣었다.
 "형님, 기철입니다."
 "들어와."
 안에서 들려온 허락에 기철이 류경을 데리고 안으로 들었다.
 방 안에 있던 사내, 모용지헌은 생면부지의 사내를 데리고 들어서는 기철을 바라보았다.
 "무슨… 일이냐?"

"민이의 글 선생을 구했습니다."

"글 선생? 그자가 말이더냐?"

"예. 학사인데 사서삼경과 도덕경은 물론이고… 그, 뭐라고 했더라……?"

뒷머리를 긁적이며 자신을 바라보는 기철의 시선에 류경은 희미한 미소를 지으며 말했다.

"통감절요와 남화경이오."

"들으셨죠? 그것까지 마쳤다더라고요."

까막눈은 아니었지만 그렇다고 문에 특별한 관심을 가진 적이 없는 것은 모용지헌도 마찬가지였다.

"그, 그렇구나. 하면 능력은 충분하다 치고, 문제는 가르칠 녀석인데……."

모용지헌의 말을 기철이 받았다.

"당신이 가르쳐야 할 녀석이 좀 무디오. 오늘 열 글자를 알려 주면 내일 다섯 글자를 까먹는 녀석이니까."

기철의 말에 류경은 미소를 지어 보였다.

"배움만 안 멈춘다면 당장 그 소득이 적다 해도 상관없소. 배움이란 무엇을 이루기보다는 지식을 쌓고 나를 발전시키는 것이니 말이오."

류경의 답에 모용지헌이 무릎을 쳤다.

"바로 그거요, 지식을 쌓고 나를 발전시키는 것. 그거만 되어도 상관없소."

"그럼… 받아들이는 겁니까?"

기철의 물음에 모용지헌이 고개를 끄덕였다.

"일단 맡겨 보지. 당장 자리가 비어 있기도 하고."

모용지헌의 답에 기철이 류경을 돌아보며 웃었다.

"당신, 운이 좋군? 일자리가 생겼어."

"고맙소."

"고맙긴, 고용주는 내가 아니라 형님인걸."

기철의 말에 류경이 모용지헌을 향해 고개를 숙였다.

"고맙소."

그 인사 방법이 특이했던지 사내가 물었다.

"혹… 한족이 아니오?"

"고려인이오."

"고려… 아! 구려."

모용지헌은 가끔 전설처럼 들어 왔던 구려 무인의 이야기를 떠올렸다.

그가 들어 왔던 이야기 속의 구려 무인들은 중원의 강자들을 가볍게 누를 정도로 강력한 무위를 뿜어내는 괴물들이었다.

하지만 눈앞의 구려인과 이야기 속 구려인을 연관 짓기란 쉽지 않은 일이었다.

'하긴 학사니까.'

나름의 수긍을 더한 모용지헌이 입을 열었다.

"상관없소. 글을 알고, 말을 할 줄 아니까."

출신 민족이 문제가 될지도 모른다는 생각에 긴장했던 류경은 모용지헌의 말에 굳었던 표정이 풀어졌다.

"하긴 지금 당장 급한 건 글이지 출신이 아니죠."

기철까지 거든다.

사실 강호 문파인 모용세가가 갑자기 문을 탐구하기 시작한 것은 최근 강호이대지가란 이름에 먹칠을 한 일이 발생한 까닭이었다.

문제의 발단은 몽골 고관대작의 회갑연에 초대받아 참석했던 태상가주의 실수 때문이었다.

회갑연의 주인공인 고관이 잔치 중 뜬금없이 이태백의 시를 읊고, 그 시에서 느낀 자신들만의 뜻풀이를 귀빈들에게 부탁했던 것이다.

원래 글깨나 읽은 다른 고관들이야 청산유수처럼 자신의 생각을 이야기했시만, 모용세가의 사람답지 않게 문을 멀리하고 오로지 무만 익혔던 태상가주인 요동검현과 팽가의 도왕은 그렇지 못했다.

'뭐, 고기가 잘 잡히지 않았던 모양이지요.'라는 도왕의 답도 가관이었는데, 거기에 더해 모용검군이 '강에 고기가 없었던 모양입니다. 어부가 고기를 못 잡았으니 말입니다.'라고 말해서 좌중을 박장대소로 몰아넣었던 것이다.

훗날 그 이야기가 진실인지를 묻는 군사에게 요동검현

새로운 초인의 등장 • 137

이 답했다.

'강태공이라며? 강에서 고기 잡는 어부 아니었어?'

그날 좌절한 군사가 군사부로 돌아가 대성통곡을 했다는 이야기는 모용세가 사람들이라면 모르는 이가 없었다.

"하필 팽가와 같은 취급을 받았으니……."

모용지헌의 말대로다.

자신이 무슨 짓을 했는지보다는 모용세가가 팽가와 같은 취급을 받았다는 것에 열이 받은 태상가주가 땅에 떨어진 세가 무사들의 문을 끌어 올리라는 특명을 내린 것이었다.

그때부터 모용세가 전체는 문을 파고들기 시작했다.

그렇다고 깊게 파고들 생각은 없었다.

다만 논어가 다른 나라 말이라거나, 공자가 공씨네 아들이라는 말은 안 나올 정도의 지식은 필요했던 것이다.

그것을 위해 본가는 물론이고 세 곳의 분타에도 여러 명의 학사들을 두었다.

그 덕에 대부분의 모용세가 사람들은 공자가 옛날에 꽤나 잘나가던 학사라는 것을, 또 논어는 그런 공자가 지은 책이라는 것 정도는 알게 되었다.

하지만 단 한 사람, 대석 분타의 후계자인 모용민은 아직도 논어가 다른 나라 말이며, 공자가 공씨네 아들이라는 답을 주저 없이 해 댔다.

그렇다고 무재가 떨어지냐 하면 그것은 또 아니라서, 이미 제 또래에선 비교할 이들이 드물 정도로 발군이었다. 그 덕에 모용민은 세가 어른들의 이목을 한 몸에 받고 있었다.

상황이 그렇다 보니 문재가 모자라다고 그를 탓할 수만도 없는 노릇이었다.

"그래도 다시 문으로 돌아가는 건 조금 위험합니다."

기철의 말에 모용지헌은 고개를 끄덕였다.

강호오대세가로 불리며 강대했던 모용세가가 변방의 그저 그런 문파로 전락한 것은 강호이대지가란 말에 매달려 너무 문에 치우친 결과였다.

뒤늦게 그 맹점을 알아차린 선조가 서고를 잠그고 무사들의 출입을 금한 이후 간신히 지금의 성세를 이루게 되었다.

아직은 과거처럼 신화경의 고수를 보유하진 못했어도, 백대고수를 둘씩이나 보유한 문파가 되었던 것이다.

물론 그 대가로 강호이대지가란 말이 무색해졌지만 말이다.

"그렇긴 하지만… 문에 너무 무관심했던 것도 문제였어. 여하튼 지금은 위에서 하라는 대로 할 수밖에……. 아! 우리끼리 말을 했구려. 미안하오."

뒤늦게 뒤에서 뻘쭘하게 서 있는 류경을 발견한 모용지헌의 사과에 그가 미소를 지었다.

"괜찮소, 괘념치 마시오."

"그러고 보니 인사도 없었구려. 이거, 예가 영 말이 아니게 되었소이다. 나는 모용지헌이라 하오."

"류경이오."

"류켱?"

발음이 힘든 이름이다. 특히 지나라 불리는 한족에게는……

"그냥 류 씨라 불러도 되오."

"그럼 그리하리다, 류 학사."

학사, 일개 서생이 받기에는 과한 호칭처럼 느껴졌다.

"과분한 호칭이구려."

"무슨 의미인지 잘 모르겠소만……. 류 학사가 맡아 줄 사람은 바로 내 아들이오."

"열심히 가르쳐 보겠소."

"잘 부탁하오."

그렇게 류경은 모용세가의 대석 분타에 글 선생으로 발을 들여 놓았다.

제72장
군자지도(君子之道)를 가르치다

 분타 무사의 안내로 류경이 나간 후, 모용지헌의 표정은 그리 밝지 못했다.
"학사란 자가 이재를 너무 밝히는구나."
 류경이 요구한 급여가 너무 과했던 까닭이었다.
"그게 다 이유가 있어요."
"이유? 무슨 이유?"
"오면서 들었는데, 저치, 아내를 찾으러 왔다더군요."
"아내?"
"예, 아내가 갑자기 중원으로 온 모양인데, 그 소재지를 찾지 못하는 모양이에요."
"한데 그거랑 돈이 무슨 소용이라고?"

"염왕전에 의뢰할 생각인 모양이더군요."

"염왕전에?"

되묻는 모용지헌의 표정이 사납다. 그 이름만으로 분기가 치솟는 까닭이다.

"예. 강호의 정보도 아니고 민간의, 그것도 중원과 고려를 모두 아우르는 정보이니 선별을 잘하긴 한 셈이죠."

"그렇긴 하다만… 그놈들은 정보료가 너무 비싸잖아."

"그러니 돈에 목을 맬 수밖에 없는 거죠."

"요새 그놈들 얼마나 받지?"

"최하 서른 냥이죠."

"금자겠지?"

"은자는 쳐다보지도 않는 놈들이니까요."

"그렇지. 그래도 류 학사가 원한 돈은 너무 과하잖아."

"그쪽에서 요구한 돈이 일반적인 의뢰비의 수준을 넘어선 모양입니다."

"구려, 아, 고려라고 했던가? 하여간 외국의 정보가 섞인 까닭인가?"

"그것까지는 잘 모르겠습니다."

"여하간 요구가 너무 과해."

류경이 요구한 돈은 한 달에 금자 열 냥이었다. 일반적인 학사의 급료가 금자 한 냥인 것에 비하면 말도 안 되는 금액이었다.

"그럼 내치셨어야죠."

그 말도 안 되는 요구를 모용지헌은 받아들였다. 단, 한 가지 조건을 달아서.

"그래서 두 달 후, 민이가 소학을 뗀다면 이란 조건을 달지 않았냐."

"그게… 가능하리라고 보세요?"

"내가 듣기로 뛰어나다는 문재들도 소학을 떼는 데 일 년은 족히 걸린다더라. 하니 당연히 불가능하겠지."

"그런데 왜 그런 조건을 거신 건데요?"

"뭐랄까? 그냥 구려인을 곁에 두고 싶었달까? 능력이 없다면 두 달 후 내쫓으면 그만이고, 평범한 학사의 능력이라도 보인다면 금자 한 냥으로 계속 곁에 둘 생각이고."

그제야 의형이 구려 무인에 대한 환상을 갖고 있었다는 것을 기억해 낸 기철이 못 말린다는 표정을 지어 보였다.

"어쩐지……. 하여튼 형님은 참."

"뭐, 도랑도 치고, 가재도 잡고. 좋잖아?"

"하긴 한 달에 금자 열 냥을 주고 학사를 고용할 곳은 없으니까, 저치에게도 손해는 아니겠네요."

"그렇지. 한데 넌 저자의 어디를 믿고 데려온 거냐?"

"예?"

"뭔가 믿는 구석이 있으니 데려왔을 게 아니냔 말이다."

모용지헌의 말에 기철은 난처한 표정으로 뒷머리를 긁적

일 수밖에 없었다.

"그게 말이에요… 하, 하하하."

자신도 모르는 것을 설명할 길이 없던 기철은 그저 웃을 수밖에 없었다. 그 모습에 모용지헌은 고개를 내저었다.

"네가 소개했기에 다른 건 묻지도 않고 결정한 거야. 하니 그는 네 책임이다."

웃는 얼굴로 하는 이야기지만 책임을 거론한 이상 류경은 정말로 기철, 자신이 책임지게 된 사람이었다.

"알았어요."

그래서 답하는 음성에 힘이 실렸다.

분타주의 집무실에서 나온 기철은 류경이 머물게 된 별원으로 걸음을 옮겼다.

열린 문틈 사이로 낯선 방 안을 서성이는 류경의 모습이 보였다.

"들어가도 되겠소?"

반쯤 열린 문틈 사이로 상대를 확인한 류경이 답했다.

"들어오시오."

상대의 허락에 문을 열고 방 안으로 들어선 기철이 미소를 지었다.

"방은 마음에 드시오?"

"나쁘진 않구려."

솔직히 말해 화려했다. 서탁과 서랍장 두어 개뿐이던 예전 자신의 집과는 비교가 안 될 만큼.

"그렇다니 다행이구려. 그나저나 내 이름은 아직 안 알려줬더이다. 난 기철이라 하오."

모용지헌과 인사를 나눌 때도 기철은 물러나 있었다.

자신이 인사를 나눌 틈도 없이 모용지헌이 말을 이었기 때문이다.

아마도 모용지헌은 자신과 류경이 이미 통성명을 한 사이라 여겼던 모양이다.

"이미 알겠지만 류경이오."

"류켱… 흠흠, 그냥 나도 류 학사라 부르리다."

뒷머리를 긁적이는 기철의 모습에 류경은 미소를 지어 보였다.

"그러시구려."

"자- 나갑시다. 내 류 학사가 맡아야 할 녀석을 소개시켜 줄 테니."

"그럽시다."

앞서는 기철을 따라나서는 류경의 얼굴은 굳어져 있었다.

누굴 가르친다는 건 아직 한 번도 해 본 적이 없었기 때문이다.

〈맹렬전(猛烈殿)〉

전각의 이름에서부터 사나움이 물씬 풍겨 나왔다. 그 전각으로 들어서는 기철을 따라 류경도 걸음을 옮겼다.
 전각 한편의 연무장에서 젊은 사내 하나가 도를 휘두르고 있었다.
 그 모양이 사납고 또 사나웠다. 류경은 사내와 전각의 이름이 꽤나 잘 어울린다고 느꼈다.
 하지만 그뿐이다.
 사납게 칼을 휘두른다고 정말 사나워지는 것은 아니었기 때문이다.
 "민아."
 기철의 부름에 도를 휘두르던 사내가 동작을 멈추고 고개를 돌렸다.
 "의숙."
 "녀석 많이 늘었구나."
 기철의 평에 류경은 흘깃 그와 젊은 사내를 번갈아 바라보았다.
 그런 류경의 반응과 상관없이 민이라 불린 청년이 기철에게 다가왔다.
 그는 의숙부의 칭찬에 꽤나 들뜬 듯 보였다.
 "정말 그렇게 보이십니까?"
 "그래, 이전보다 훨씬 좋아졌다. 맹호검의 사나움이 제대로 나오는 것을 보니 말이다."

"하하하! 역시 노력한 보람이 있네요."

기뻐하는 청년을 바라보던 기철이 뒤에 서 있던 류경을 소개했다.

"이제부터 널 가르칠 학사시다."

"학… 사요?"

기철의 말을 되받으며 류경의 아래위를 훑는 청년의 얼굴엔 못마땅한 표정이 가득했다.

기철이 돌아가고, 류경은 자신을 모용민이라 소개한 청년과 단둘이 마주 앉았다.

"고려인이라고요?"

구려인이 아니라 고려인이라 제대로 말하고 있었다.

그 말은 모용민이 구려 무인의 이야기를 그다지 신임하지 않는다는 것이었지만, 그런 속사정을 알지 못하는 류경은 그저 고려를 제대로 알아주는 이를 만난 것 같아 기분이 좋았다.

"그렇다네."

"고려인이 이곳까진 어쩐 일입니까?"

"할 일이 있어서라네."

"무슨 일인지 물어도 답하지 않겠군요?"

특별히 숨길 생각은 없었지만 저렇게 말하는 사람에게 굳이 자신의 이야기를 꺼내는 것도 우습게 생각되었다.

군자지도(君子之道)를 가르치다 • 149

"뭐, 그럴지도."

"저도 묻고 싶은 생각은 없습니다. 당신은 그저 빌어먹을 글만 가르치면 되니까."

다소 버릇이 없어 보일 정도로 도전적인 언사였지만 류경은 상관치 않았다.

"나도 그렇게 생각하네."

"언제부터 시작할까요?"

"군자지도는 지금 시작해도 늦음일세."

류경의 말에 모용민이 조금 당황한 듯 물었다.

"그거… 지금 시작하자는 말은 아니죠?"

"잘 아는군. 맞네, 지금 시작해도 자네에겐 빠른 시간이 아닐세."

모용민이 늦었다는 것이 아니다. 모든 배움은 시작하는 순간, 그 자체로 늦은 것이다.

그러니 더 열심히, 더 충실히 노력해야만 한다.

결국 모용민은 못마땅한 얼굴로 서탁 위에 한 권의 책을 꺼내 놓았다.

"책이로군."

"소학이죠."

류경도 무슨 책인 줄은 안다. 겉장에 버젓이 소학이라 쓰여 있었으니까.

문제는 책을, 글을 대하는 이의 태도다. 배울 마음이 없는 사람에겐 소학은커녕 천자문을 들이밀어도 어려울 뿐이다.

그러니 먼저 시작할 것은 글이 아니라 글을 대하는 사람의 마음을 가다듬는 것이다.

그리고 그것을 이루는 가장 효과적인 방법을 류경은 알고 있었다.

과거에 자신의 사부가, 자신에게 써먹었던 방법을.

"배움은 책으로 시작하지 않네. 먼저 의와 넘으로 시작하지."

또 어려운 말이다. 학사 나부랭이들이 하는 말장난이 다시 시작되었다는 것을 느낀 모용민이 두말없이 서탁 위에 꺼내 놓았던 책을 뒤로 던졌다.

"자- 그럼 책 없이 시작해 봅시다."

아집과 흥미가 뒤섞인 모용민의 표정을 바라보며 류경은 조용히 웃었다. 자신을 가르쳤던 사부처럼.

물론 류경은 사부의 미소 뒤엔 언제나 지옥을 경험했다.

불행히 모용민은 알지 못했지만…….

류경이 모용세가 대석 분타에 들어온 지 2달,
모용지헌은 입을 다물지 못했다.
"이, 이게 정말 가능했단 말이오?"
놀라서 묻는 모용지헌에게 류경이 미소를 지어 보였다.

"영식께서 노력한 덕이지요."

류경의 답에 그 곁에 앉아 있던 모용민은 어설픈 웃음을 지어 보였다.

"허허, 이거야 원… 정말 놀랍구려."

"그러게 말입니다. 십여 명의 학사들이 한 해 넘게 공을 들이고도 못한 일을 단 두 달 만에 해내다니. 류 학사, 대단합니다!"

기철의 순수한 감탄에도 류경은 그저 미소를 지어 보일 뿐이었다.

모용민과 처음 만난 날 보여 주었던 미소를…….

그 미소를 본 모용민은 잔뜩 움츠러들었지만 그걸 알아차리는 이는 아무도 없었다.

그날, 모용민이 소학 전체를 암송해 낸 것은 물론이고, 그 해석까지 완벽하게 해내는 것을 본 모용지헌은 기분이 좋았던지 기철과 류경을 데리고 대석에서 가장 좋다는 홍루를 찾았다.

그렇게 부친과 의숙이 류경과 나가자 모용민의 사촌들이 다가왔다.

"여어- 대단한걸!"

"뭐가?"

"두 달 만에 소학 전체를 암송하고 해석까지 해내다니 말이야. 도대체 비결이 뭐냐?"

부럽다는 듯 물어 오는 사촌에게 모용민은 낮은 한숨과 함께 답했다.

"군자지도."

"군자지도?"

"그래."

"그게… 뭔데?"

사촌의 물음에 모용민이 두려운 표정으로 답했다.

"알려고 하지 마. 다친다."

그 말을 남겨 놓고 비척이며 맹렬전으로 돌아가는 모용민의 모습에 사촌들이 고개를 갸웃거렸다.

"뭐래는 거야?"

"냅둬. 지금은 충분히 으스댈 만하니까."

"그렇긴 하지만……. 한데 그 군자지돈가 뭔가가 류 학사란 사람의 비결인가 보지?"

"그거 나도 좀 배워야겠다. 요새 사서삼경에 들어가선 완전 고생이라고."

"그건 나도 그래. 아버님께 청해 봐야겠다."

"나도."

저마다 군자지도를 배워야겠다는 사촌들의 음성을 들으며 걸어가는 모용민의 표정은 어이없음 그 자체였다.

"미친 것들."

군자지도(君子之道)를 가르치다

매향루.

대석에선 가장 유명한 홍루다.

그런 매향루의 특실에서 모용지헌과 기철이 류경을 대접하고 있었다.

"자- 이 세 잔은 류 학사의 공덕주요. 쭉 들이켜시구려."

주르륵 술잔 3개를 채워 앞에 놓은 모용지헌의 말에 류경은 난감한 표정을 지었다.

"술을 잘 못하오만."

"그렇다고 공덕주를 거절할 순 없지 않겠소. 자자- 쭉 들이켜요."

곁에 앉았던 기철이 술잔을 들어 입가에 대 주는 까닭에 류경은 어쩔 수 없이 술잔들을 비워야 했다.

술 3잔에 벌겋게 달아오른 얼굴로 류경이 물었다.

"모용 대협."

"왜 그러시오? 류 학사."

"야소근… 지퀴시느 거니다."

"약속? 아! 급료 말이구려. 암, 장부일언중천금이라고 내 약속은 지키리다!"

모용지헌의 말에 미소를 지은 류경의 고개가 그대로 상에 처박혔다.

쿵-!

"뭐, 뭐야?"

놀라는 모용지헌의 음성에 기철이 황급히 류경을 살펴보더니 어이없는 음성을 토했다.
"술에 취해 기절했는데요?"
"뭐? 겨우 술 석 잔에?"
모용지헌의 말대로 류경은 술 3잔에 취해 의식을 잃어버렸다.

❀   ❀   ❀

류경이 의식을 차린 것은 새벽녘이었다.
"끄응……."
머리가 지끈거리고 속이 메스꺼웠다.
"도대체 이런 놈의 걸 왜들 먹는지."
솔직히 술, 처음 먹어 보았다. 사부는 술은 할 수 있는 한 멀리하는 것이 좋다는 주의였고, 홀로 나가 기루에서 술을 사 먹는 데 돈을 쓸 정도로 가세가 넉넉한 편도 아니었다.
그러고 보면 처음은 아니었던 모양이다. 적어도 혼인식 때 썼던 합환주도 술은 술이었으니까 말이다.
덕택에 첫날밤은 치러 보지도 못했지만…….
그 일이 생각나자 자신도 모르게 입가에 미소가 그려졌다. 그리고 그 미소 위로 눈물이 스쳐 지나갔다.

군자지도(君子之道)를 가르치다 • 155

세수를 한 뒤, 머리를 정돈하여 영웅건을 매고 매무새를 가다듬은 류경이 방문을 열었다.
"이제 나오시오?"
"허허, 전날 밤에 꽤나 달린 모양이구려."
"하하하, 그다지 길게 기다린 건 아니라오."
대여섯 명의 사내들이 문 앞에 모여 있었다. 흠칫 반걸음 정도 뒤로 물러난 류경이 물었다.
"왜, 웬일들이시오?"
류경의 물음에 사람들이 이구동성으로 답했다.
"우리 아이들 좀 맡아 주시구려."
류경의 눈에 당황이 어렸다.

앞에 앉은 류경을 모용지헌은 빙글거리며 바라보았다.
"타인의 실수를 비웃는 것은 군자의 도리가 아닙니다."
"하하하하! 미안하구려. 내 아직 군자가 아니라 그런 모양이니 류 학사가 이해하시오."
"흠흠!"
불편한 심기를 나타내는 헛기침에도 모용지헌은 여전히 웃음을 멈추지 못했다.
잠시 후, 간신히 웃음을 멈춘 모용지헌이 종이 하나를 내밀었다.
"이게… 뭡니까?"

"전표요. 금액은 금자 스무 냥. 황실이 보증하는 대륙 전장의 전표라 어떤 곳, 어떤 전장에서든 현금으로 바꿔 쓸 수 있는 거라오."

"약속… 입니까?"

"맞소, 내가 류 학사께 약속했던 것이오."

모용지헌의 답에 류경이 전표를 집어 들었다.

"그저… 감사할 따름이오."

"정당한 대가요. 내게 고마울 건 없소. 앞으로도 매달 말일에 금자 열 냥이 지급될 게요. 그리고……."

"무슨 할 말이라도……?"

"그게… 사촌들이 자식들을 류 학사에게 맡겼으면 하더이다."

그 말에 류경은 방을 나설 때 마주쳤던 이들의 모습이 떠올랐다.

"그들도 맡아야 하는 겁니까?"

"강제는 아니오. 그들을 맡고 안 맡고는 류 학사의 선택에 달렸소. 다만… 류 학사가 맡아 주면 그들도 한 달에 금자 열 냥씩 내겠다고 하더이다."

아침에 찾아왔던 이들의 수는 얼추 여섯 정도였다. 그럼 학생도 여섯이 는다는 뜻이니까 돈으로 환산하면…….

반짝이는 류경을 눈을 바라보던 모용지헌이 물었다.

"맡아 보시겠소?"

"그렇게 하죠."

류경의 답에 그럴 줄 알았다는 듯이 미소를 지은 모용지헌이 전표 하나를 더 내밀었다.

"이건 그리 마음 써 준 것에 대한 답례요."

"무엇… 입니까?"

"금자 열 냥짜리 전표요. 내가 알기로 염왕전은 금자 서른 냥부터 의뢰를 받는다고 들었소. 먼저 준 것과 합하면 서른 냥이 될 게요."

모용지헌의 배려가 류경은 고마웠다.

"감사합니다만… 저들이 원한 금액은 그보다 많습니다."

하긴 그건 이미 들어 알고 있었다. 그럼에도 이런 행동을 한 것은 도대체 류경에게 필요한 돈이 얼마인지 알아보고 싶어서였다.

"정확히 얼마나 필요한 게요?"

"……."

모용지헌의 물음에 류경은 답 대신 미소를 지어 보였다.

굳이 자신의 곤궁함을 타인에게 드러내 부담을 주기 싫었기 때문이다.

그 미소에 모용지헌은 적어도 수백 냥은 넘어갈 것이란 느낌을 받았다.

그 정도라면 자신이 제아무리 분타주라 해도 선뜻 내주기엔 버거운 금액이었다.

결국 모용지헌은 그냥 모른 척 덮어 두기로 했다.
"류 학사가 알아서 하겠다는 뜻으로 알리다. 하면 계속 수고해 주시구려."
"알겠소."
인사를 건넨 류경이 자리를 뜨자 모용지헌은 집무실을 지키는 위사를 불렀다.
자신의 답을 기다리고 있을 사촌들에게 소식을 전해야 했던 것이다.

모용지헌이 사촌들의 일로 바쁘던 그 시간, 기철은 모용민의 처소를 찾았다.
기철의 방문을 받은 모용민은 방 안에 있었다.
"수련할 시간이 아니었냐?"
"그렇긴 한데… 요샌 흥이 잘 나지 않아요."
"왜?"
"그게… 하아~ 그냥 그래요."
"가끔 그럴 때가 있다. 그걸 이겨 내지 못하면 발전할 수 없어."
"이건 그런 게 아니라구요."
"누구나 다 다르게 느끼지. 하지만 모든 건 한 가지 길뿐이야. 극복, 답은 그거뿐이다."
"하아~ 예, 예, 알았어요. 한데 무슨 일이세요? 제가 수련하는지, 안 하는지 감시하러 오시진 않았을 거 같은데요."

"오늘이 될지, 내일이 될지 모르겠다만, 앞으론 다른 사촌들과 함께 수업을 받을 것 같더라."

수업이라고 이름 붙일 수 있는 것은 하나뿐이다. 바로 류 학사와의 시간 말이다.

"스, 스승님의 수업 말이에요?"

"스승?"

"아! 그, 글 스승도 스승이지요."

"녀석, 류 학사가 글만 가르친 건 아닌 모양이로구나?"

"어, 어떻게 아셨어요?"

놀라는 모용민에게 기철이 피식 웃어 보였다.

"네가 누군가를 스승이라 부르는 건 처음 봤으니 하는 말이다. 무얼 가르치든 가르치는 사람을 스승으로 대하는 것은 좋은 태도다."

"그, 그런가요?"

"그래, 그나저나 네 말대로 류 학사의 수업을 사촌들과 함께 듣게 되었다."

"왜, 왜요?"

"네 실력 향상에 자극을 받은 분들이 많았던 모양이야. 류 학사에게 자식들의 수업을 부탁한 이들이 하나둘이 아니더라."

"그래서 그걸 아버지는 허락했대요?"

왠지 당황해하는 모용민의 반응에 기철은 의아한 표정을 지어 보였다.

"왜, 사촌들과 함께하는 게 싫은 거냐?"

"그, 그게……."

당황하며 제대로 답을 못하는 모용민을 보며 기철이 작게 꾸짖었다.

"그러면 못쓴다. 발전은 함께하는 것이지 독점하는 것은 옳지 않아. 그것이 배움일 경우엔 더하고. 무슨 말인지 알겠냐?"

기철의 음성이 굳어 있자 모용민은 고개를 숙였다.

"예……."

여전히 마음에 드는 반응은 아니었지만 기철은 훌륭한 스승을 타인과 공유해야 하는 박탈감 때문이라 생각하고 그에 대해선 더 이상 말하지 않았다.

"하니 류 학사가 힘들지 않도록 네가 도와야 할 게다."

"뭘요?"

"다른 녀석들이 류 학사에게 장난을 치지 못하도록 말이다."

무인이 학사나 상인을 우습게 아는 것은 어제오늘의 일이 아니다.

물론 대부호나 권력을 움켜쥔 고관대작으로 가면 이야기는 달라지겠지만, 기껏 글 선생에 불과한 류경은 충분히 놀

군자지도(君子之道)를 가르치다 • 161

리고 골려 먹어도 좋은 대상일 뿐이었다.

"내버려 뒤도 못 칠걸요."

"들리는 소리대로라면 자신들이 원해서 성사된 배움이니 그럴 수도 있겠다만은……. 녀석들의 전적이 하도 화려하니 걱정하지 않을 수 있어야지."

녀석들 때문에 그만둔 학사들은 열 손가락을 넘어간다. 개중엔 의원에 입원한 채 그만둔 학사들도 여럿 있었다.

"걱정하지 마세요. 누굴 놀릴 시간 따윈 없을 테니까요."

"단기간에 이룩한 네 성과를 보면 류 학사의 수업 진행이 꽤나 빡빡한 모양이긴 하다만……. 녀석들에게도 그게 효과가 있을지 모르겠다."

"충분히 있을 거예요. 걱정하지 마세요."

"그래도 워낙 장난기가 많은 녀석들이라 걱정이 되어서. 한데 넌… 정말로 걱정하지 않는구나?"

"걱정이요? 되긴 되죠. 다만 스승님이 아니란 게 문제지만……."

이해할 수 없는 모용민의 반응에 기철이 물었다.

"도대체 무슨 말인 게냐?"

"그냥… 그분은… 강하다구요."

"강해? 류 학사가?"

"예."

"흠… 성격이 강하고 대가 있는 건 알고 있다만, 이건 그런 것으로 헤쳐 나갈 수 있는 문제가 아니란다."

여전히 자신의 말을 알아듣지 못하는 의숙에게 모용민은 더 이상 설명을 잇지 않았다.

그걸 설명하자면 자신이 당한 일들을 떠들어야 했기 때문이다.

"여하간 전 별로 걱정 안 해요."

"네 생각을 전부 이해할 수는 없다만, 그렇다니 믿어 보마. 그렇다고 또 너무 류 학사만 감싸고돌지 말고."

"감싸고돌긴요? 요샌 제 자신을 돕기에도 벅차다고요."

"녀석, 글 수업과 수련을 동시에 하자니 힘들긴 한 모양이로구나. 한 사나흘 푹 쉬고 다시 시작하거라. 뭐가 어쨌어도 네 스스로 극복해야 하는 것이니까."

"예, 그렇겠죠."

"그래, 믿고 가마."

일어서 나가려는 기철에게 모용민이 불현듯 물었다.

"한데 의숙, 부드러움이 사나움을 이길 수 있습니까?"

"유능제강(柔能制剛) 말이더냐? 도가에선 그리 말하기도 하지. 하지만 그건 어디까지나 도인들의 말이고, 난 그렇게 생각지 않는다. 강함은 대부분 부드러움을 찢어 낼 힘을 가지고 있으니까."

"대부분이란, 아닐 때도 있다는 말인가요?"

"물론 때론 그럴 때도 있지. 하지만 그건 어떤 상황을 말하는 것이지, 힘의 논리에선 통하지 않아. 사십 년 넘게 살아온 내 경험으론 그렇구나."

기철의 말에 모용민은 뭔가 혼란스러운 표정이었다.

"왜? 유능제강이 지금 네 앞을 막은 벽이더냐?"

"그런 셈입니다."

"그럼 유능제강을 버리거라. 그리고 강함을 찾아 전진해. 그것이 네게 다른 세상을 보여 줄 것이다."

자신의 말을 곱씹는 모용민을 두고 기철은 방을 나섰다.

"녀석, 생각 이상으로 발전하고 있는걸. 형님이 기뻐하겠어."

혼잣말을 중얼거린 기철은 그렇게 맹렬전을 벗어나고 있었다.

한참 의숙의 말을 되뇌던 모용민이 자리에서 일어섰다. 그리고 그는 두말없이 별원으로 발걸음을 옮겼다.

"스승님, 저 민입니다."

"들어오너라."

허락이 떨어져 모용민이 방 안으로 들어서자 서탁에 앉아 책을 보는 류경이 보였다.

"여쭐 것이 있어 찾아뵈었습니다."

"일단 앉거라."

"예."

모용민이 공손히 자리에 앉자 류경이 물었다.

"그래, 뭘 알고 싶은 게냐?"

"유능제강… 스승님께서 말씀하신 것을 이해할 수 없습니다."

"유능제강이라……. 내가 그런 말을 한 적이 있던가?"

"제게 강함만이 능사가 아니라고… 말씀하셨죠."

"그랬지. 하나 그게 유능제강을 뜻함은 아니란다."

"그럼 어떤 것을 말씀하시는 건가요?"

"강함이 강함을 때리면 결국은 부서지고 깨지는 것만이 남는다. 하나 강함과 부드러움이 섞이면 필요한 곳은 때리고 감쌀 곳은 부드럽게 어루만질 수 있지. 세상 이치가 또 그러함이니, 사람들은 그것을 음양의 조화라 하느니라."

이야기가 깊어질수록 머리가 복잡했다. 결국 모용민은 다시 물을 수밖에 없었다.

"하면 전 어찌해야 합니까?"

"녀석, 너무 쉽게 살려 드는구나."

류경의 면박에 모용민은 뒷머리를 긁적였다.

"그게… 정말로 모르겠습니다."

"잠시 일어서 보거라."

자신의 말에 자리에서 일어선 모용민에게 류경이 말했다.

"네가 연성하던 것을 펼쳐 보거라."

"여기, 이 방 안에서… 말입니까?"

"그래."

"이렇게 좁은 곳에서 펼치긴 어렵습니다."

모용민의 말에 류경이 미소를 지었다.

"하면 너는 이런 좁은 곳에서 공격받으면 죽어 줄 생각이더냐?"

"그, 그건 아닙니다만……. 좁으면 제대로 된 파괴력이 안 나옵니다."

"왜 그렇지?"

"그야 맹호검은 넓은 공역을 자신의 범위로 만들고, 그 안에 든 모든 것을 파괴하는 도법이니까요."

"하면 그 안에 들어가면 아군도 죽는 게냐?"

"그건 아니죠."

"왜 아니지?"

"제가 알아볼 테니까요."

"그것처럼 해 보거라. 서탁도, 저 병풍도, 저 책장도, 저 서랍장도, 침상도 있고, 휘장도 있구나. 그것들이 모두 네 아군이니라."

말로는 타당한 거 같지만 그건 곧 사방이 아군이라는 의미였다.

그런 속에서 칼을 마구 휘두르는 짓은 하지 않는다. 세상의 그 누구라도.

그 생각에 아무 행동도 하지 못하고 멍하니 서 있는 모용민을 바라보던 류경이 일어섰다.

"보거라."

그리고 류경이 움직였다.

옷자락이 나풀거리고, 영웅건에 묶인 머리카락이 바람을 탄다.

그리고 언제 뽑아 들었는지 모용민의 손에 들려 있던 도가 허공을 유영했다.

서탁을 비켜 발이 움직이고, 허리가 뉘이며 장식장을 스치듯 몸이 나아갔다.

그리고 휘장을 피해, 침상 위의 공간을 넘어 책장과 서랍장을 건너 병풍을 휘돌았다.

그 모든 곳을 도가 너풀거리며 움직였다.

머리카락 한 올, 그 차이로 모든 것을 피해 가는 도를 바라보며 모용민의 입은 점점 벌어져 결국은 침을 흘리고 말았다.

방 안을 감돌던 바람이 가라앉고, 꺼질 듯 휘청이던 촛불이 제자리를 찾았다.

어느새 도마저 도갑에 조용히 들어온 후다. 그제야 류경이 자리에 앉았다.

"이것이 네가 이루어야 할 맹호검이니라."

"지금… 그게 맹호검이라고요?"

물으면서 알아차릴 수 있었다.

류경이 움직이던 발걸음, 도가 나아가던 방향, 각도. 모든 것이 맹호검의 그것과 닮아 있었음을.
"마, 맙소사!"
 류경이 답하기 전에 모용민이 그렇게 먼저 느끼고 있었다

제73장
이상한 학사

 류경은 모용지헌의 요청대로 더 많은 청년들의 글 수업을 맡았다.

 애초엔 모용민과 여섯의 청년을 더 맡아 시작했는데, 보름이 더 지나기 전에 3명의 청년과 2명의 소저가 더 늘었다.

 남녀의 구별이 엄격하지 않은 중원 강호의 세가가 아니었다면 일어날 수 없는 일이었다.

 아직 약관에도 못 미친 이들이라고는 하나 10대 후반의 혈기 왕성한 청년들과 또래의 다 큰 여인들을 한 방 안에서 함께 가르치는 것은 류경에게도 꽤나 놀라운 경험이었다.

 그 탓에 대석 분타엔 학사가 넷만 남게 되었다.

분타의 수뇌부를 구성하는 어른들을 가르치는 강 학사와 후기지수라 불리는 젊은이들을 가르치는 류 학사, 어린 아이들을 가르치는 우 학사, 그리고 일반 무사들을 가르치는 명 학사까지.

"강 학사님, 이렇게 두고만 보실 생각이십니까?"

이른 아침부터 찾아온 우 학사의 보챔에 강 학사가 고개를 저었다.

"하면 어찌하자는 말씀이시오? 우리가 그를 내쫓을 수도 없는 노릇인데 말이오."

"우리는 내쫓을 수 없지만 분타의 윗분들은 아니지요. 그 분들을 충동질하면 되지 않겠습니까?"

"무슨 이유로 말이오? 우리보다 돈을 더 많이 받는다는 이유요? 아니면 다른 학사들의 일자리를 마구 줄여 생업을 끊어 놓았다는 이유요? 도대체 어떤 근거로 분타의 윗분들을 움직이냐는 말이외다."

"듣자 하니 류 학사 그자의 수업을 들은 후, 후기지수들의 수련 시간이 줄어들었다는 소리가 들리더군요. 그것을 걱정하는 윗분들이 많다고도 하고······. 그것을 문제 삼으면 어떻겠습니까?"

"우린 학자지 무인이 아니오. 어찌 그것을 문제로 삼는 단 말이오?"

강 학사의 물음에 우 학사가 의미심장한 미소를 지어 보였다.

"자존심이죠. 무인들의 그 턱없는 자존심. 어른들의 글공부를 맡고 있는 강 학사께서 수업 중에 한마디만 하시면 됩니다."

"뭐라고 말이오?"

강 학사의 물음에 답하는 우 학사의 음성은 너무 작아 잘 들리지도 않았다.

하지만 그 말을 들은 강 학사의 눈빛이 빛나는 것을 보아선 충분히 충동질이 가능한 말인 듯싶었다.

어른들의 글공부는 열흘에 한 번 한다. 그 시간엔 경비를 맡은 이가 아니라면 어지간한 일은 모두 접고 분타에 속한 이들 대부분이 참석한다.

그 수업 자리에서 강 학사가 조심스러운 음성으로 말을 꺼냈다.

"요사이 후기지수들의 글공부에 대한 집념이 한층 강해졌다는 소식을 들었습니다."

자신의 말에 사람들, 특히 후기지수들을 자녀로 둔 이들의 표정은 그다지 좋지 못했다. 그것을 확인한 강 학사가 말을 이었다.

"한데 그로 인해서 수련 시간이 줄어들었다는 소리를 들었습니다. 얼마 안 있으면 본가 경연이 있을 텐데, 걱정이 많으시겠습니다."

강 학사의 말이 끝나기 무섭게 한 사람이 자리에서 일어섰다. 하나뿐인 아들을 류 학사에게 맡기고 있는 모용군현이었다.

"형님, 난 오늘 빠져야겠소. 내가 글공부를 하고 있을 게 아니라 강 학사 말대로 철령이 놈을 좀 살펴야 겠소."

모용군현의 말에 여기저기서 사람들이 일어섰다. 모조리 슬하에 자식을 둔 사람들이었다.

"나도 좀 가 봐야겠습니다."

"저도……."

"저도……."

결국 그날 어른들의 수업은 중도에 중단되었다.

분타의 수뇌부를 구성하는 이들의 8할이 자리를 뜬 까닭이었다.

자신의 수업을 파한 어른들이 향한 곳은 후기지수들의 수업이 진행되는 별원이었다.

한데 수업에 정진하고 있어야 할 후기지수들이 모조리 별원 구석에 서 있는 버드나무 아래에 모여 누워 있는 게 아닌가?

"지금 뭐하는 짓들이냐?"

수련을 미뤄 두고 글공부를 하고 있다고 해도 화가 날 판에, 팔자 좋게 나무 아래에 누워 늘어져 있으니 분노가 치솟은 것이다.
"어! 아버지!"
"숙부?"
"백부!"
모용세가는 세가다. 기철처럼 아닌 경우도 있지만 대부분의 일반 무사들까지 모조리 모용세가의 가솔인 것이다.
당연히 수뇌를 구성한 고수들도 전부 친척일 수밖에 없었다.
그렇게 분분히 일어나는 후기지수들 속에서 자신의 딸을 발견한 모용군현이 버럭 소리를 질렀다.
"아무리 강호 세가의 여식이라고는 하나 사내들 속에 누워 있다니! 정신이 있는 게야, 없는 게야!"
모용군현이 먼저 나선 까닭에 뒤늦게 도착한 어른들은 일단 지켜보고만 있었다.
"그냥 나무 좀 보느라 그랬어요."
큰딸 진령의 말에 모용군현이 거듭 화를 냈다.
"나무를 살펴서 뭐한다고? 그리고 지금이 나무나 살피고 있을 때더냐?"
"그게… 스승님이 나무를 보고 느끼라고 하셔서……."
진령의 말에 어느 때부턴가 문을 열고 이쪽을 바라보고 있는 류경을 노려본 모용군현이 버럭 고함을 질렀다.

"그 시답지 않은 짓거린 이제부터 할 필요가 없다! 네 글 선생은 다시 찾아볼 터이니. 가자, 철령이와 소현이 너희도!"

멍하니 자신을 바라보고 서 있던 아들과 막내딸까지 챙긴 모용군현이 거친 걸음으로 별원을 나서자, 다른 이들도 저마다 아이들을 찾아 별원을 나가 버렸다.

그런 이들 중 누구 하나 류경에게 고운 시선을 던진 이가 없었다.

그렇게 갑자기 텅 비워진 별원 마당엔 당황한 표정의 모용민과 난감한 얼굴의 기철만이 남아 있었다.

"민이도 데려가실 생각이오?"

류경의 물음에 기철이 답하기도 전에 모용민이 고개를 저었다.

"싫습니다, 전 안 갑니다. 절 버리지 마십시오, 스승님."

모용민의 반응도 놀랍지만 그 소동 속에서도 표정 변화 하나 없는 류경도 예상외였던 기철이 고개를 저으며 답했다.

"형님은… 계속 류 학사를 믿는다 하셨소."

"내 고마워하더라고 전해 주시오."

"그러리다."

기철의 답이 끝나기 무섭게 류경이 모용민에게 말했다.

"뭐하느냐? 하던 거 마저 하거라."

"아! 예."

황급히 답한 모용민은 다시 버드나무 아래에 가서 드러누웠다. 그 모습을 확인한 류경은 기철에게 가볍게 목례를 한 후 방문을 닫았다.

그런 두 사람 모습을 기철은 난감한 시선으로 바라볼 뿐이었다.

❀ ❀ ❀

대석 분타엔 다시 학사의 수가 늘었다.

류경에게 후기지수들의 훈육을 맡기면서 해고되었던 학사들이 다시 고용된 까닭이었다.

하지만 후기지수들은 이전처럼 열성적이지 않았다. 그것이 다시 논란거리가 되었다.

분타의 수뇌들은 아이들이 글공부는 물톤이고, 수련에 도통 집중하지 못하고 있다며 류경을 들인 모용지헌을 원망했다.

"그자를 내보내야 합니다, 형님!"

자신을 찾아와 벌써 반 시진째 류경을 내보내라고 보채는 사촌 동생을 모용지헌이 지그시 바라보았다.

"무슨 이유로?"

"아이들의 신경이 오로지 류 학사, 그 빌어먹을 자식에게 향해 있단 말이오. 대체 무슨 짓을 했는지 애들이 입만 열면 류 학사가 이랬다느니 저랬다느니, 온통 그놈 이야기뿐이라 그 말이오."

"아이들에게 인기가 좋다고 내쫓을 순 없지 않더냐?"

모용지헌의 답에 모용군현이 자신의 가슴을 치며 말했다.

"진령이와 소현이는 시간이 지나면 나아진다고 칩시다. 하지만 철령이 놈은요? 당장 그놈은 보름 후면 열릴 본가 경연에 참여해야 한다 말이오. 그 상황에서 수련에 매진해도 모자랄 판에 글쎄 류 학사가 나무를 보고 느끼라고 했다면서 제 처소 앞 나무 아래에 드러누워 있단 말이오."

그 이야기는 모용지헌도 들었다.

사촌 조카가 문제가 아니라, 당장 자신의 아들도 별원 버드나무 아래에 누워서 거의 모든 하루를 보내고 있다는 보고를 벌써 며칠째 받고 있었기 때문이다.

"뭔가 이유가 있겠지. 더 기다려 보세."

"형님! 남의 아들 일이라고 정말 이러깁니까?"

"무슨 말을 그리하나? 자네도 민이 녀석이 어쩌고 있는지는 알 게 아닌가?"

그제야 수그러든 모용군현이 풀 죽은 음성을 토했다.

"미안하우. 하도 화가 나서……. 그러니 서둘러 조치를 취해야 한다는 말이오."

"그래도 난 조금 더 지켜볼 생각이다. 지금 이대로 본가 경연에 나간다면, 그건 그것대로 아이들이 배울 게 생길 테니까."

"설마 패배를 배우란 말씀이오?"

"패배도 경험이다. 너도 알고 나도 알아. 결국은 애들도 알아야 하는 것이고."

"하지만 굳이 일찍 알 필요는 없는 게 바로 패배가 아니겠소?"

당금의 십대고수들도 패배를 안다.

지금의 자리에 오르기 전에 강자와 붙어 패배한 적이 있기 때문이다.

다행이라면 그 패배가 죽음으로 연결되지 않았다는 것이다.

마찬가지다.

세가의 후기지수들도 패배를 배워야 한다. 통속적인 대련이 아니라 4년에 한 번 열리는 본가 경연처럼 실전에 가까운 대결에서 말이다.

"난 결정했다. 이번엔 민이에게 패배를 가르치기로. 너도 마음을 비워."

모용지헌의 말에 모용군현은 잔뜩 인상을 구겼다. 그는 누가 뭐라고 해도 자신의 아들에게 패배를 가르치고 싶지 않았다.

그 아프고 지독한 경험을 말이다.

❃   ❃   ❃

대부분의 무림세가나 문파들이 그렇듯 모용세가에도 가내 무예 경연이 존재한다.

4년에 한 번 열리는 이 경연엔 모용세가에 속한 후기지수들과 절정 이상의 모든 고수들이 참여한다.

그리고 그 결과가 이후 4년간의 지위와 대우를 결정한다.

절정 이상의 고수들에겐 가내 무력 순위 결정전이자 승진 시험이기도 했고, 후기지수들에겐 자신의 능력을 검증해 보일 절호의 기회이기도 했다.

후기지수들 중에서 4위 안에 들면 가주의 직접적인 가르침을 받을 수 있는 특혜가 주어진다.

이것은 아직 소가주가 정해지지 않은 상태에선 굉장히 중요했다.

그렇게 선택받은 후기지수들이 바로 소가주 후보에 들게 되는 까닭이었다.

이것은 다른 세가와 달리 능력제일주의를 신봉하는 모용세가의 특이한 가주 승계 절차 때문이었다.

한마디로 하북 모용세가에선 직계 후손이라도 능력이 달리면 가주를 이을 수 없었다.

그렇기에 6백 년에 달하는 긴 역사 동안, 모용세가의 수많은 집안들은 삼대 이상 가주의 위를 계승한 적이 없었다.

그런 중요한 의미를 갖는 경연이 4년 만에 모용세가에서 열렸다.

 모용세가는 이날을 위해 강호 각파의 고수들을 참관인 자격으로 초청했다.

 그 안엔 친분이 두터운 남궁세가의 창천검왕(蒼天劍王)이 포함되어 있을 정도였다.

 그는 남궁세가의 태상가주로서 강호십대고수에 속한 초인이었다.

 그 말고도 기라성 같은 고수들이 모용세가를 찾았다.

 특히 무당의 수석장로인 일성 진인의 방문은 모용세가의 힘을 새삼 느끼게 만들고 있었다.

 "진인의 방문을 환영합니다."

 모용세가의 가주 섬현검의 환영에 일성 진인이 도호를 읊었다.

 "무량수불, 내 모용세가의 뛰어난 후기지수들이 궁금해서 무당에 그냥 앉아 있을 수가 있어야지요."

 "하하하! 이거 그리 말씀하시니 무당 후기지수들의 뛰어남이 궁금해집니다, 진인."

 무당 후기지수들의 능력이 출중하다 여긴 일성 진인이 다른 곳의 후기지수들과 비교해 보고 싶은 마음을 품었다는 것을 섬현검이 꿰뚫어 본 것이었다.

 "이거 빈도의 도가 여전히 섬현검 도우의 눈썰미보다 낮은 모양입니다그려."

"허허, 무슨 그런 말씀을……. 자자, 아버님과 남궁 백부께서 안에서 기다리십니다. 제가 안내해 드리지요."

섬현검의 안내를 받으며 일성 진인이 안채로 들자 그를 시종해 온 무당의 고수들은 모용세가 외총관의 안내를 받아 숙소를 배정받았다.

문이 열리며 들어서는 일성 진인을 요동검현이 반가이 맞았다.

"진인이 와 주셨구려. 고맙소이다."

"무량수불, 그간 강녕하셨습니까, 대협. 사백께서 인사 여쭈라 하셨습니다."

일성 진인의 사백은 몇 남지 않았다. 그중에서 요동검현과 인연이 있는 이는 오직 한 명뿐이었다.

"무상자는 잘 있는 겝니까?

무상자, 무림에선 백도의 절대자인 무극검웅이라는 무림명으로 더 잘 알려진 이다.

"여전하십니다. 친우의 집 경사에 가고 싶으나 괜한 분란만 일으킬까 저어되어 차마 발을 못 떼겠노라 전해 달라 하셨습니다."

"그놈의 걱정은……. 내 무당의 경사에 꼭 갈 터이니 그때를 위해 술병이나 꼬불쳐 두라 일러 주십시오."

요동검현과 무극검웅은 절친한 지우였다. 무공을 탐닉하던 초년 시절에 맺은 인연이 여전히 이어지는 것이니 깊을 수밖에 없었다.
 "꼭 그리 전해 드리겠습니다, 대협."
 웃으며 답한 일성 진인이 이번엔 요동검현 곁에 서 있는 이에게 시선을 주었다.
 "창천검왕 선배님을 뵙습니다."
 "오랜만입니다, 일성 진인."
 창천검왕이 강호십대고수의 일인이라고는 하나, 상대는 강호이대무파 중 하나인 무당의 수석장로였다. 그런 까닭에 한 배분 아래의 사람을 대하면서도 예에 충실할 수밖에 없었다.
 사람들의 인사가 끝난 후 접객을 위해 섬현검이 나가자, 세 사람은 소소한 주변 이야기들을 나누기 시작했다.
 "장백혈마의 문제는 그냥 흐지부지되는 모양이더라?"
 사사로이는 친우인 창천검왕의 물음에 요동검현이 미소를 지었다.
 "그게 쉽지가 않았어. 내가 보기에도 살 떨리는 작자였으니까 말이야."
 "직접 본 것처럼 말한다?"
 "실은 애들 데리고 그를 추적해 나간 적이 있었거든."
 "그랬냐? 하면 만나는 본 거고?"

"그게… 직접 이야기를 나눠 본 적은 없다만… 능력은 보았지."

"네가 그리 평가할 정도면… 초인이더냐?"

"그렇게 보이더라."

다른 자리에서 거론되었다면 굉장히 커다란 충격을 내포한 소식이 되었을 것이다. 하지만 이곳에 앉은 세 사람은 그 정도 소식에 영향을 받을 정도의 사람들은 아니었다.

"그럼 강호십일대 고수가 되는 건가?"

창천검왕의 웃음기 섞인 말에 요동검현이 고개를 저었다.

"그럴 것 같진 않더라."

"왜?"

"알겠지만 뭔가를 찾아서 밖으로 나온 작자야. 원하는 걸 찾으면 돌아가겠지."

"그동안 시끄럽지 않을까?"

"마지막으로 혈사가 벌어졌던 조양검문 이후로는 또다시 혈사가 벌어지지 않는 걸로 봐서 더 이상 피를 볼 생각은 없는 모양이야."

"아직 몇 달 안 됐잖아. 확신하기엔 이르지 않을까?"

창천검왕의 말에 요동검현의 시선이 조용히 앉아 있는 일성 진인에게 향했다.

"구파라면 다른 이야기도 알고 있을 듯합니다만."

요동검현의 물음에 일성 진인은 작게 웃으며 답했다.

"개방에서 들은 몇 가지 소식이 있긴 합니다만……."

중원 제일 정보 상인이 염왕전이라지만 개방도 그에 못지않은 곳이다. 특히 강호에서 일어나는 일이라면 염왕전보다 더 세세하게 알고 있는 것이 바로 개방이었다.

"풀어 보시구려. 이 늙은이가 궁금해 죽는 걸 보지 않으려면 말이오."

요동검현의 너스레에 다시 미소를 지어 보인 일성 진인이 말했다.

"장백혈마라 불린 이는 아무래도 고려인 같습니다."

"고려인?"

창천검왕의 물음에 고려가 어디를 말하는지 아는 요동검현이 언질을 주었다.

"구려인 말이야."

"아! 구려인."

창천검왕이 이해하자 이번엔 요동검현이 나섰다.

"나도 그의 복색이 좀 특이하다고는 느꼈소만, 고려인이라고는 생각지 못했었습니다."

"처음엔 개방도 몰랐던 모양입니다. 손속도 사납고 특이한 복색이라, 신강이나 청해의 소수민족으로 오인해서 마교의 인물일지 모른다는 내부 결론을 내려 놓고 있었다더군요."

"한데 어떻게 알게 된 거랍니까?"

"고려를 다녀온 적이 있는 걸개가 있었답니다. 그의 증언으로 북경에 와 있는 고려인들에게 확인도 거쳤답니다. 그들의 증언으론 선비 차림이라 했다는군요."

"선비요?"

"중원의 학사와 비슷한 거랍니다."

"아! 학사."

"예, 그 이후 개방에서 해당 복색을 갖춘 사람의 흔적을 쫓고 있으나 아직 성과가 없는 모양입니다."

일성 진인의 말에 창천검왕이 끼어들었다.

"개방이 찾지 못한다면 돌아간 게 아니겠소?"

"그럴 가능성도 있습니다만, 그쪽으론 개방의 손이 닿지 않기 때문에……."

대부분의 무맥이 단절되었다지만 구려는 여전히 중원 무림에겐 어려운 땅이었다.

"그렇다면 장백혈마의 일은 일단락된 셈이구려."

"지금 당장은 개방도 그렇게 보고 있답니다."

일성 진인의 답에 창천검왕이 고개를 끄덕이며 물러나자 다시 요동검현이 이런 저런 일들을 꺼내 놓았고, 일행은 다시 담소를 이어 갔다.

섬현검은 밀려드는 손님들 속에서 무예 경연을 위해 들어서는 분타의 식구들도 함께 맞이하고 있었다.
 경연이 있기 나흘 전부터 시작해서 이틀 전까지 건평, 환인, 대석 분타의 식구들이 본가로 들어왔다.
 그들이 들어올 때마다 섬현검은 친히 숙소를 안내하고, 후기지수들의 등을 두드리고, 분타 수뇌들의 손을 잡아 주었다.
 누가 뭐라 해도 그들은 모용세가의 한 식구였기 때문이다.
 시끌벅적한 외원에 비해 분타의 가솔들이 안내된 내원은 조용했다. 그곳에서 그들은 창천검왕 등 귀빈을 숙소로 안내하고 온 요동검현의 방문을 받았다.
 "고생들이 많았다."
 요동검현의 치하에 모용지헌이 고개를 숙였다.
 "아닙니다, 백부님. 그저 저희들의 소임을 다하고 있을 뿐입니다."
 "고맙구나, 그리 말해 주니……. 어이쿠! 민이 녀석은 다 컸구나. 조만간 장가라도 보내야 하겠다."
 백조부의 말에 모용민은 싫다는 소리 없이 뒷머리를 긁적거려 사람들의 웃음을 자아냈다.
 "군현이도 왔구나."
 "예, 백부님."

"이런, 철령이는 키가 더 큰 거 같은데?"
"예, 좀 더 자랐습니다."
"오냐오냐, 허허! 이놈들… 이젠 숙녀가 다 되었구나. 네가 진령이고, 네가 소연이렷다?"
"소손들이 백조부님을 뵈어요."
"안녕하세요, 할아버님."

두 손녀들의 인사에 요동검현은 연신 기쁜 웃음을 흘렸다.

그들이 익히는 내공이 양강지공인 까닭인지 유독 딸이 귀한 곳이 모용세가다. 낳았다 하면 줄줄이 아들뿐이니 모용세가에서 딸은 꽤나 귀한 대접을 받았다.

그렇게 일일이 이름을 부르고, 근황을 묻고, 등을 다독이는 일은 요동검현도 다르지 않았다. 모용세가를 위해 외지에서 고생하는 이들에 대한 미안함과 고마움이 깃든 까닭에 더 정성이 들어갈 수밖에 없었던 것이다.

그런 만남들이 지나고… 경연의 날이 밝아 왔다.

창천검왕, 일성 진인을 비롯한 다수의 강호 고인들이 참관인으로 자리하고, 요동검현과 섬현검이 판정관의 역할을 담당한 가운데, 모용세가의 무예 경연이 시작되었다.

아침에 시작된 고수들의 경연은 손에 땀을 쥐게 하는 급박한 대결이 많았다. 앞으로 4년 동안의 미래가 걸린 일이기 때문인지 참가자들은 자신의 역량 이상을 발휘했다.

그 탓에 부상자도 많았고, 피도 적지 않게 보았다.

그럼에도 경연 당사자들의 화기는 부서지지 않았다. 부상을 입힌 자도, 부상을 당한 자도 오늘의 자리가 최선을 다할 수밖에 없는 자리라는 것을 인정하고 있었기 때문이었다.

오후엔 후기지수들의 경연이 있었다.

섬뜩하고 날카로운 공방은 오전에 비해 한층 떨어졌지만 급박함은 오히려 상승했다.

미래 모용세가의 가주가 될 후계자의 자리를 두고 벌이는 경연이었던 만큼, 이번의 후기지수 경연은 이전보다 훨씬 치열했다.

오전처럼 다수의 부상자가 발생했고, 피를 보는 일도 적지 않았다.

그렇게 경연 첫날이 저물었다.

둘째 날의 경연도 첫째 날만큼 긴장감 넘치는 대결로 장식되었다. 예선을 거쳐 올라온 이들의 경연이었기 때문인지, 등장하는 무공의 수준은 어제보다 훨씬 높아져 있었다.

그렇게 사흘째와 나흘째가 지나고, 8강전과 결승전이 벌어지는 마지막 날이 밝았다.

경연장 연무대를 중심으로 모여든 사람의 수는 3천여 명을 훌쩍 넘어가고 있었다. 모용세가의 가솔들이 거의 모두

이상한 학사 • 189

나온 까닭이었다.

그 속에서 평소처럼 오전엔 어른들의 경연이 치러졌다.

용호상박, 말 그대로의 장면들이 계속해서 펼쳐졌다. 남은 8강 전체가 초극이나 초절정의 고수들인 터라 허공을 가르는 한 수, 한 수가 솜털이 곤두설 만큼 강력한 것들뿐이었다.

한순간도 눈을 뗄 수 없게 만들었던 경연의 최종 우승자는 외총관인 적성검 모용무진이었다.

그의 적성검(赤星劍)이 상대의 파뢰검(破雷劍)을 분쇄해 낸 것이 승리의 요인이었다.

패배한 사촌의 축하 속에 적성검 모용무진이 두 손을 번쩍 들어 보였다. 그런 그에게 사람들은 박수와 환호성을 보내 주었다.

오후엔 후기지수들의 경연이 이어졌다. 그들도 마찬가지로 8강전이었다. 한데 그 8강전을 바라보는 이들의 눈빛엔 의아함이 가득했다.

8강에 오른 8명의 후기지수 중 여섯이 대석 분타의 후기지수들이었던 것이다. 더구나 개중 한 명은 여자이기까지 했다.

그리고 최종 우승자가 가려졌을 때는 모두가 놀란 눈으로 연무대를 바라볼 수밖에 없었다.

그곳엔 모용군현의 장녀 모용진령이 썩은 땡감 씹은 표정의 모용민을 앞에 두고 좋아서 팔짝팔짝 뛰고 있었기 때문이다.

 축제의 흥이 알 수 없는 기류로 가라앉았다.

 귀빈들은 차마 축하한다는 말도 내밀지 못했고, 세가의 수뇌들은 긴급히 회의를 열어야만 했다.

 "여아에게 후계자의 자리를 줄 수는 없습니다."

 "무슨 소립니까? 우리 세가의 기조는 능력제일주의입니다. 성별은 애초부터 후계자 선별 조건엔 들어 있지도 않았단 말입니다."

 "그렇다고 소가주로 여아를 내세울 순 없는 일이 아닙니까? 막말로 그 여아 소가주가 가주가 되면 어찌하실 생각이십니까?"

 "어찌하긴요. 가주면 가주지, 여자 가주, 남자 가주가 따로 있답니까?"

 사람들의 반대 여론에 사사건건 상관없다고 주장하는 사람은 모용군현, 바로 우승자인 모용진령의 아비였다.

 결국 보다 못한 요동검현이 나섰다.

 "군현아."

 "예, 백부님."

 "넌 입 좀 다물고 있어."

 "아니, 왜……."

반발하려던 모용군현은 날카롭게 빛나는 요동검현의 눈을 바라보곤 이내 꼬리를 내렸다.
"예."
그런 모용군현에게서 시선을 돌린 요동검현이 말했다.
"군현이가 과하게 설치긴 했다만, 틀린 말은 없다."
"배, 백부님!"
사방에서 당황스런 음성이 튀어나왔지만 요동검현은 그런 이들의 음성을 무시하고 말을 이었다.
"우리가 언제 여자라고 무시한 적이 있더냐?"
"그건 아닙니다만……."
"모용세가는 여아와 남아를 차별해 키우지 않았다. 마찬가지로 여아라 해도 그 능력이 닿는다면 소가주 후보가 아니라 소가주, 나아가 가주가 되지 말라는 법도 없다는 게 내 생각이다."
"하지만 아버님……."
결국 참다못한 섬현검이 나서자 요동검현이 흐릿한 미소를 지어 보였다.
"물론 그렇다고 여가주를 세우자는 말은 아닐세. 다만 그 기회는 박탈하지 말자는 말이지. 더구나 당장은 소가주도 아니고 소가주의 후보 아닌가? 정당한 능력으로 따낸 후보의 자격마저 박탈한다면 강호가 우리 모용세가를 어찌 보겠는가 그 말이야."

요동검현의 말에 섬현검을 비롯한 사람들의 입이 다물렸다. 결국 그날의 긴급회의는 모용진령의 소가주 후보 자격을 인정한다는 결정을 내렸다.

❀   ❀   ❀

 회의가 끝나고 요동검현과 섬현검은 모용지헌과 모용군현을 따로 불렀다.
 "무엇이더냐?"
 자리에 앉기도 전에 앞뒤 다 자르고 묻는 요동검현의 물음에 모용지헌이 조심스럽게 되물었다.
 "무엇이 말씀입니까, 백부님?"
 "마지막 여덟 명 중에 여섯이 대석 분타의 아이들이었다. 다른 분타의 아이들은 끼지도 못했고, 겨우 본가의 아이 둘만이 턱걸이를 했어. 물론 사강엔 서 보지도 못했지만. 그 비결을 묻는 것이다. 혹여, 아이들에게 어른들의 무공을 개방한 것이더냐?"
 "아닙니다, 절대 그런 일 없었습니다."
 억울하다는 표정인 모용지헌에게 요동검현이 날카로운 눈빛으로 물었다.
 "하나 그 아이들, 상대의 움직임을 읽고 있었다. 그것은 사물의 움직임을 눈이 아니라 기로 읽고 있다는 뜻. 시안공

(示眼功)을 전수했더냐?"

"시, 시안공이라니요? 그것은 최소 절정에 올라야만 전수가 가능한 무공이 아닙니까? 그 전에 익히면 자칫 실명할 수도 있는 것입니다. 아무리 뛰어나 보이길 원한다고 해도 어찌 자식에게 그런 짓을 하겠습니까? 절대로 아닙니다, 백부님."

"하긴 그것은 자세히 살펴보면 알 터, 하면 제대로 고하거라. 영약이라도 구해 먹였더냐?"

"분타에 영약을 사들일 만한 자금이 있을 턱이 없지 않습니까?"

여전히 억울하다는 모용지헌의 말에 이번엔 가주인 섬현검이 물었다.

"그렇게 감추지만 말고 말할 것이 있으면 하게. 조금 있으면 아이들이 불려 올 터, 아버님께서 살펴보면 대번에 드러날 일들이야. 숨긴다고 숨겨지는 것이 아니란 말일세."

"정말입니다, 형님. 영약을 사 먹이거나 시안공 같은 것을 전수해 본 적이 없습니다. 최근 몇 달은 아예 아이들이 수련을 게을리 해서 걱정이 태산이었단 말입니다."

"수련을 게을리 해? 설마 수련을 게을리 한 아이들이 지금 경연에서 사강에 오르고, 심지어 우승을 했단 말인가?"

섬현검이 믿기지 않는다는 표정으로 묻자, 그로 인한 걱정이 가장 컸던 모용군현이 가슴을 치며 답했다.

"답답해서 미치겠네. 정말입니다, 형님! 제가 언제 거짓말하는 거 보셨습니까? 영약 사서 먹였으면 먹였다고 인실직고하고 봐달라고 사정했을 겁니다. 시안공은 아니더라도 그와 비슷한 것이라도 익히게 했다면 그랬다고 인정하고 사정하지요. 한데 정말 그런 짓은 하지 않았단 말입니다. 지헌 형님 말씀대로 저놈들, 몇 달 동안 수련은 뒷전이고, 글공부에 미쳐 있었다니까요!"

"글공부?"

"예, 어디서 이상한 놈을 지헌 형님이 들여 놔서……. 하여간 그 개뼈다귀 같은 자식 때문에 마음고생이 얼마나 심했었는데요."

"개뼈다귀 같은 자식이라니, 제대로 설명해 봐."

섬현검의 물음에 모용군현이 미주알고주알 일러바치는 가운데, 문제의 아이들이 도착했다.

우승한 모용진령, 2위의 보용민, 3위의 모용철령, 4위의 모용렬. 무두가 대석 분타의 후기지수들이다.

특히 모용진령과 모용철령은 요동검현과 섬현검 앞에서 류경을 사정없이 깔아뭉갠 모용군현의 자식들이었다.

개중 모용진령에게 요동검현이 물었다.

"진령아."

"예, 백조부님."

"요사이 네가 한 수련이 무엇이더냐?"

"느끼는 거요."
"느끼는 거?"
"예."
"무엇을 느낀다는 건지 물어도 되겠느냐?"
"바람에 가장 먼저 떨리는 나뭇잎을 느끼는 거예요."
진령의 답에 요동검현이 흥미로운 시선으로 물었다.
"바람에 가장 먼저 떨리는 나뭇잎을 느낀다?"
"예. 눈으로 가리기엔 너무 어려운거라 느껴야 한다고 가르치셨거든요. 뭐라더라… 아! 감이요. 감을 키우라고 하셨어요."
"감이라……. 어떤 감 말이더냐?"
"공간감이라는 건데요, 설명하긴 좀 난해한데 직감이나 육감하곤 좀 다르면서도 비슷해요. 그냥 백조부님도 나무 아래에서 느껴 보세요. 그러기 전엔 정말 설명하기 어렵거든요."
"넌 그 공간감이라는 것을 느끼는 데 얼마나 걸렸더냐?"
요동검현의 물음에 모용진령이 배시시 웃었다.
"한 달이요. 제가 제일 빨랐답니다, 백조부님."
"흠… 그걸 가르쳤다는 이가 누구더냐?"
"스승님이요."
"스승? 네게 무공 스승이 있더냐?"
"무공은 아니고, 그냥 세상 사는 방법, 이치 그런 거라고

하셨어요."

"그것도 네 스승이란 사람이 한 이야기이고?"

"예."

모용진령의 답에 요동검현의 서늘한 시선이 모용군현에게 향했다.

"어떤 고인을 모셨더냐?"

질문을 받은 모용군현은 놀란 표정으로 되물을 수밖에 없었다.

"예? 고, 고인이요?"

"그래, 나조차 요사이 깨달은 무리를 아이들에게 설명할 정도의 고인이 누구냐고 묻는 게다."

요동검현의 말에 모용군현은 물론이고, 난처한 표정으로 곁에 앉아 있던 모용지헌의 눈이 왕방울만 하게 커져 버렸다.

제74장
서재를 맡다

 귀빈들을 얼렁뚱땅 배웅한 요동검현은 여전히 떠날 기미를 안 보이는 창천검왕과 일성 진인을 바라보며 물었다.
 "너 집에 안 가냐? 그리고 수석장로도 무당으로 돌아가야 하지 않겠습니까?"
 요동검현의 물음에 창천검왕이 씨익 미소를 지어 보였다.
 "우리가 바보냐? 이 상황에 멍청하게 돌아가게. 숨기고 있는 거 꺼내 봐. 뭐냐? 영약이냐, 아니면 새로운 무공이냐?"
 "무, 무슨 뜬구름 잡는 말이야?"
 애써 변명을 둘러댔지만 놀란 마음에 첫마디를 더듬는 실수를 저질렀다.

"더듭긴……. 우리가 남이냐? 같이 좀 알자."

창천검왕의 말에 일성 진인도 의미심장한 미소로 도호를 읊었다.

"무량수불……."

더 이상 발뺌만으론 벗어날 수 없다고 판단한 요동검헌이 인상을 구겼다.

"어떻게 안 거야?"

"아직 약관도 안 된 어린것들이 상대의 수를 읽더라. 아니, 수가 아니라 아예 공격이 시작되는 순간, 그 방향을 읽더란 말이다. 도대체 어찌 된 게야? 설마 시안공을 가르친 건 아닐 테고."

시안공은 강력한 무공이지만 전 중원에 공개된 무공이기도 했다.

전진파의 한 괴짜 도사가 창안한 이 무공은 사람의 동체시력을 극한까지 끌어 올려 준다. 한마디로 날아가는 파리의 날갯짓까지 식별 가능할 정도가 되는 것이다.

당연히 시안공을 시전하면 눈의 피로도는 상상을 초월한다. 하나 자칫 어설프게 시전했다간 눈을 지나가는 혈도들이 모조리 터져 나가는 경우도 있고, 아예 실명할 수도 있다.

그런 연유로 내공 반 갑자만 있어도 시전 가능한 시안공이 눈을 지나가는 혈도를 충분히 보호할 수 있을 정도의 내공을 지닌 절정 이상의 고수들이나 익힐 수 있는 무공이 되었다.

"미쳤냐? 그런 짓을 하게."

"그러니 묻는 게지? 뭐냐? 새로운 무공인 게야? 나도 염치는 있다. 공짜로 가르쳐 달라고는 안 한다. 대신 좀 알자."

창천검왕의 말에 일성 진인도 힘을 보탰다.

"빈도도 이리 간청을 드립니다, 대협."

두 사람의 청을 요동검현은 뿌리칠 수 없었다.

결국 대석 분타로 가는 일행에 창천검왕과 일성 진인이 따라붙었다.

❀   ❀   ❀

대석 분타에 도착한 사람들 가운데 가장 놀란 사람은 누가 뭐라 해도 요동검현이었다. 만일 섬현검이 함께 왔다면 그도 기절할 듯 놀랐을 것이었다.

분타주의 집무실로 들어서던 류경은 요동검현과 시선을 맞추었다. 하지만 그도 잠시, 시선을 옮긴 류경이 모용지헌에게 물었다.

"찾으셨소?"

"아, 예, 저기, 그러니까… 아… 여기 이분들은 그러니까……."

서재를 맡다 • 203

어떤 말을 어떻게 꺼내야 할지 몰라서 쩔쩔매는 모용지헌을 답답한 표정으로 바라보던 이들 속에서 창천검왕이 불쑥 나섰다.

"나, 남궁창천이오."

"류경이오."

"류켱?"

모든 지나인들이 겪는 과정을 또다시 보여 주는 창천검왕을 바라보며 류경이 말했다.

"그저 류 학사라 부르면 되오이다."

"학사? 학사!"

당최 믿을 수 없다는 표정인 창천검왕의 놀람에 류경이 고개를 끄덕였다.

"학사, 맞소이다."

창천검왕의 반응과 눈앞의 사내를 천천히 살피던 일성 진인의 고개가 잘게 저어졌다. 자신의 잣대로는 전혀 뛰어나거나 특이하다는 느낌을 받을 수 없었기 때문이었다.

하지만 그런 이를 앞에 두고 창천검왕이 저리 행동할 리는 만무한 일, 결국 자신의 눈이 상대의 진가를 알아보지 못하고 있다는 뜻이었다.

일이 그렇게 되자 일성 진인은 사백인 무극검웅을 대동하지 않았던 것이 깊이 후회되었다.

"자자, 앉읍시다."

요동검현의 권유에 사람들이 자리에 앉자 류경도 자신이 앉을 의자를 찾았다.

"여, 여기, 여기 있습니다, 류 학사."

며칠 전만 해도 어디서 굴러먹던 개뼈다귀냐고 성토했던 모용군현이 황급히 의자를 대령했다.

그 진의를 몰라 의아해하는 류경에게 모용군현이 미소를 지어 보였다.

"아하하하, 여기 앉으시지요. 제가 도와드리겠습니다."

거기다 앉기 편하게 뒤에서 잡아 주기까지 한다. 이유를 알 순 없었지만 류경은 그저 모용군현이 하는 대로 의자에 앉았다.

류경이 자리에 앉자 정신을 수습한 모용지헌이 사람들을 소개했다.

"저희 모용세가의 태상가주이십니다. 그리고 이분은 이미 통성명은 하셨지만… 남궁세가의 태상가주시지요. 그리고 이분은……."

"무량수불, 무당의 말코입니다."

자신이 알아보지 못한다고 분위기마저 모를 정도로 바보는 아니다. 일성 진인은 적당히 몸을 낮추었다.

"류경… 류 학사라 하오."

가볍게 인사를 건네는 류경을 사람들은 복잡한 시선으로 바라보았다. 하지만 그뿐, 대화를 주도해야 할 요동검현이 입을 굳게 다물고 있으니 사람들은 그저 바라만 볼 뿐이었다.

그것이 불편했던지 류경이 물었다.

"내게 묻고 싶은 것이라도 있으신 게요?"

"아니, 그저 한번 보고 싶었을 뿐이오."

예상과 다른 요동검현의 답에 류경은 두말없이 방금 앉았던 자리에서 일어섰다.

"달리 할 말이 없다면 이만 일어나리다."

류경의 행동에 좌중의 사람들이 우르르 함께 일어났다.

"나중을 기약하리다."

요동검현의 말에 가볍게 고개를 숙여 보인 류경이 집무실을 나섰다.

그런 류경의 귀로 왜 아무 말도 묻지 않았냐는 창천검왕의 볼멘소리가 들려왔다.

해가 지고 달이 뜬 밤, 류경의 처소로 손님이 찾아왔다.

방문을 반쯤 열어 놓았으니 별원으로 들어서는 자신을 충분히 보고도 남았을 텐데, 눈길도 주지 않고 서탁의 책만 주시하는 류경에게 요동검현이 물었다.

"아는 척 좀 하면 어디가 덧나나?"

"아는 척하지 말아 달란 것은 그쪽이 아니었소?"

"그야 그땐 나 혼자가 아니지 않았던가? 그래, 잘 지내고 계셨나, 장백혈마?"

요동검현의 말에 류경이 서책을 소리 나게 덮었다.

탁-

"뭐라 부르든 상관없소만, 그 호칭을 좋아하진 않소."

"흠… 그럼 뭐라 불러야 하나. 류 학사라 부르면 되겠나?"

"원하는 것이 뭐요? 내가 떠나길 바라는 거요?"

비로소 고개를 돌려 자신을 바라보는 류경에게 요동검현이 고개를 저어 보였다.

"내가 미치지 않고서야 제 발로 세가를 찾아 준 귀빈을 내몰겠나."

"하면 뭘 원하는 거요?"

"뭐, 내가 포교도 아니고 자네가 죄인도 아니니, 내게 따져 물을 자격도 자네가 답할 의무도 없네. 난 그저 이야기를 나누고 싶어서 찾아왔을 뿐일세."

요동검현의 말에 잠시 그를 바라보던 류경이 밖으로 나왔다.

"이곳에 피해를 줄 생각은 없소."

"피해를 줄 거라 생각한 적은 없네."

"하면 갑자기 내게 관심을 갖게 된 이유가 뭐요?"

"아이들, 아이들이 갑자기 발전을 했네. 그 이유를 따라오다 보니 자네더군."

요동검현의 말에 그제야 감이 잡히는 것이 있었다.

"느낀 녀석들이 있었던 모양이구려."
"자네나 아이들 표현을 따르자면 느낀다는 거, 그걸 여섯이나 해냈더군."
 요동검구의 말에 류경의 입가로 희미한 미소가 그려졌다.
"여섯… 제대로 길을 잡아 주지도 못했는데, 많이 느꼈구려."
"이곳으로 오기 전에, 민이 녀석의 맹호검을 보았네."
 요동검현의 말에 류경의 입가로 겸연쩍은 미소가 떠올랐다.
"괜한 참견은 아니었나 모르겠소."
"내가 다 배우고 싶던데 무슨……. 참견이 아니라 기연이겠지."
 요동검현의 후한 평가에 류경의 미소가 조금 더 짙어졌다.
"녀석이 우승이었소?"
"아니, 진령이가 우승했네."
 자신의 말에 의외란 표정을 짓는 류경에게 요동검현이 말했다.
"민이는 자네가 가르친 맹호검을 경연에서 꺼내 보이면 문제가 생길 것 같았다더군."
 류경은 그제야 수긍한 표정이었다.
"속이 깊은 녀석이오."

"나도 그렇게 느꼈네."

그리고 둘은 한동안 말없이 밤하늘의 달을 올려다보았다.

"자네, 아이들을 가르치고 있었다고?"

요동검현의 물음에 류경의 입가로 피식, 덧없는 미소가 스쳐 지나갔다.

"지금은 민이만 맡고 있소."

"예전처럼 다시 맡아 줄 수 없겠나?"

"그건 부모들이 결정할 문제요."

"제 놈들이 안 맡기고 배길까? 아까 군현이 놈 하는 거 못 봤던가?"

피식-

다시금 웃음이 새어 나왔다. 요동검현의 말에 안절부절 못하던 모용군현을 비롯한 대석 분타 사람들의 모습이 떠오른 까닭이었다.

"어때, 맡아 볼 생각은 있나?"

"맡겨 준다면 거절할 입장은 아니오."

류경의 답 속에서 무언가 다른 이유가 느껴졌다.

"무슨… 곡절이라도 있나?"

"만 냥… 금자 만 냥을 벌어야 하오."

"금자 만 냥!"

결코 적은 금액이 아니었다. 요동검현이 놀랄 정도로 말이다.

"그걸 어디다 쓰게?"

"그냥… 쓸 곳이 있소."

요동검현은 염왕전과 자신의 불화를 아는 사람이다. 그런 이에게 다시 염왕전에 찾아가기 위해 금자 만 냥을 벌어야 한다고 말하기는 싫었다.

"허허, 참……."

이야기는 들었다. 아이 한 명당 한 달에 금자 열 냥씩을 주고 글을 배웠다고, 물론 배운 게 글 뿐은 아니었지만…….

속사정을 모르는 이들이 보기엔 글공부를 목적으로는 좀 과하다 싶은 금액이었는데, 그런 사정이 있었던 모양이다.

"비밀은… 지켜 주리라 믿소."

"비밀? 만 냥을 벌어야 하는 게 비밀이었나?"

요동검현의 물음에 류경이 볼을 긁적거렸다.

"생각해 보니 그것도 비밀이구려."

"하면 원래 비밀은 뭔데?"

"장백혈마."

"아! 그야… 나도 쉽게 발설할 입장은 아니지. 장백혈마를 내 집에 두고 있다는 말을 하는 건 나로서도 그리 좋은 일은 아니니까."

그랬다. 강호 공적까진 아니었어도, 혈사를 일으켜 혈마란 호칭을 받은 사람이다. 백도의 세력인 모용세가가 끌어안기에 껄끄러운 이름인 건 분명했다.

"그럼 믿겠소."

"대신 내 부탁 하나 들어주었으면 하는데."

조건을 거는 자신을 바라보는 류경의 눈이 깊고, 차가웠다. 그것이 요동검현에게 빠른 설명을 덧붙이도록 유도했다.

"아! 과한 건 아닐세. 그저 아이들을 조금 더 맡아 달라는 것뿐이니까."

"몇이나?"

답하는 류경의 눈빛은 다시 부드러워져 있었다.

"많진 않아. 본가에서 댓 명, 그리고 각 분타에서 두어 명 정도씩 될 걸세."

그렇게만 해도 벌써 열이다. 류경의 얼굴에 귀찮아하는 표정이 떠오르자 요동검현이 재빨리 뒷말을 이었다.

"교육비는 동일하게 낼 걸세. 일인당 한 달에 금자 열 냥."

귀찮아하는 표정은 순식간에 사라졌다.

"더 많아도 상관없소."

"그럼 아예 본가로 자리를 옮기는 것은 어떤가? 큰 서재가 하나 있는데, 그곳을 관리하면서 아이들을 가르치게. 책을 보러 오는 아이들도 가끔 살펴 주고. 대신 맡아서 가르치는 아이들은 조금 늘려서 한 스물 정도로 하고, 매달 금자 오백 냥을 냄세."

불안하게 바라보는 요동검현에게 류경이 물었다.

"언제 가면 되겠소?"

"내일, 나랑 함께 가세."

답하는 요동검현의 입가로 환한 웃음이 번져 나가고 있었다.

　　　　🟡　　🟡　　🟡

다음 날, 요동검현과 일행은 다시 본가로 떠났다.

간밤에 통보를 받은 부모들은 옷가지 몇 개와 급한 대로 쓸 용채를 넣은 봇짐을 아이들에게 쥐여 주며 류 학사의 말을 잘 들으라고 신신당부했다.

그렇게 대석 분타를 떠나는 류경의 뒤에서 모용군현을 비롯한 부모들이 고개를 깊숙이 숙이고 있었다.

요동검현의 예상대로 류경을 본 섬현검은 기절할 듯이 놀랐다. 오죽하면 벽에 걸어 놓은 자신의 애도를 순식간에 뽑아 들었을 정도였다.

요동검현으로부터 저간의 사정을 듣고, 함구를 약속한 이후에야 섬현검은 안정을 찾을 수 있었다.

안정을 찾은 섬현검이 사람을 시켜 류경을 서재로 안내하도록 했다.

그렇게 류경이 나가고 나자 섬현검이 요동검현에게 걱정

어린 음성을 토했다.

"상관없겠습니까?"

"뭐가?"

"그는 혈사를 일으켰던 자입니다."

"광포함은 있는 것 같다만 사특함은 보지 못했다. 나름의 이유가 있었던 것이겠지."

"다른 이들이 알면 입방아에 오르내릴 것입니다."

"개방조차 찾지 못하는 이다. 너와 나, 그리고 몇몇 아이들만 말을 내지 않으면 알 수 없는 일이다."

"그렇게까지 해서 품어야 하는 이유가 있습니까?"

"그는 강자니라."

요동검현의 말에 섬현검은 말문이 막히는 것을 느꼈다. 요동검현의 말대로 상대는 모용세가가 보유하지 못한 초인이다.

하나 그는 외부인, 아무리 초인이라 하더라도 올곧이 세가의 전력은 아니었다. 그리고 섬현검은 자신의 부친이 언젠간 초인이 되리라 믿고 있었다.

그것이 말이 되어 나왔다.

"아버님도 충분히 강합니다."

아들의 마음을 알기에 요동검현의 입가엔 미소가 깃들었다. 하지만 그에겐 나름의 생각이 있었다.

"나랑은 또 다른 자다."

"그게… 무슨 말씀이십니까?"

"그는 구려의 무인이야. 구려의 무예는 수많은 가능성을 내포하고 있다. 그가 가르치는 글 한 자, 말 한 마디가 아이들에겐 새로운 별천지가 될 게다. 정형화되고 틀에 박힌 중원 무학에서는 찾을 수 없는 것을 우리 아이들이 배울 수 있을 거란 말이다."

"남의 것을 부러워하지 않아도 좋을 만한 절학들이 세가엔 많습니다, 아버님."

"그렇게 많아서 지금은 대부분 사장시켜 놓고 있더냐?"

섬현검의 말처럼 절학은 많았지만 제대로 된 진채가 남아 있는 무공이 별로 없었다. 문을 너무 파고들다 보니 글자에 연연한 선조들이 너무 많았다.

결국 비급에 든 무리의 태반을 상실한 무공들이 대부분이었다.

"그래서 구명절초들을 만들어 낸 것이 아닙니까?"

구명절초, 각고의 노력으로 마지막 한두 수를 변형한 것이다. 그리고 그건 절체절명의 위기가 아니면 쓰지 않는다.

만일 쓰면 상대는 무조건 죽인다. 밖으로 드러나서도, 알려져서도 안 되는 것이 바로 구명절초다.

돌려 말하면, 그 구명절초란 것을 쓰지 않는 이상 가지고 있는 무공만으론 제대로 된 상대를 주살할 가능성이 거의 없다는 뜻이다. 물론 경지의 차이가 확연하다면 모르겠지만…….

"구려의 것들을 배우면 그렇게 음흉하게 하지 않아도 길은 열린다."

"하지만 그것은 우리의 것이 아니라 구려의 것이 아닙니까?"

섬현검의 반대에 요동검현은 더 이상 설명 없이 자신을 따라온 모용민을 불러들였다.

그리고 새롭게 변한 맹호검의 시전이 있었다. 그것은 일전에 류경이 보여 주었던 맹호검과도 달랐고, 며칠 전 요동검현 앞에서 시전해 보였던 맹호검과도 또 달랐다.

"이, 이게 뭡니까?"

섬현검은 당황하고 있었다. 분명 맹호검인데, 느낌은 그렇다고 말하는데, 검이 흘러가는 방향을 도저히 짐작할 수 없었다.

"그에게서 배운 것이다."

"놀랍긴 하지만 이것도 맹호검의 형을 따르고 있으니 곧 기존의 맹호검과 같아질 것입니다."

섬현검의 박한 평가에 요동검현은 섬현검을 끌어당겨 자리를 바꾸게 하고 자신도 서 있던 자리를 바꿨다. 그리고 서탁과 병풍의 위치도 바꿨다.

"다시 한 번 보자꾸나."

요동검현의 말에 모용민의 검이 다시 움직였다.

동작이 늘어 갈수록, 시간이 흐를수록 섬현검의 눈이 커졌다.

그날 모용민은 이후에도 열다섯 번의 맹호검을 더 펼쳐야 했다.

물론 그때마다 섬현검은 가구의 위치를 바꾸고, 자신과 요동검현이 서 있는 위치도 바꿨다.

그리고 그는 보았다. 열다섯 가지의, 아니 이전의 것을 합해 열여섯 가지의 맹호검을.

지친 모용민을 내보낸 섬현검이 낮은 음성으로 물었다.

"창천검왕 백부와 일성 진인은 어찌하실 생각이십니까?"

"창천 신군은 상대의 경지를 알아보았다. 하지만 그의 진가는 아직 모른다. 일성 진인은 그의 경지만 어렴풋이 짐작하고 있을 뿐이지."

"빼앗기지 않아야 할 보물입니다. 아니, 공유도 할 수 없는 보물입니다, 아버님."

두 시진 이전과 너무나 달라진 표정과 태도였다. 하지만 그 모든 것이 세가를 위한 섬현검의 마음에서 비롯된 것임을 알기에 요동검현은 그저 빙긋이 웃을 뿐이었다.

"류 학사도 자신의 이름이 거론되는 것을 그리 달가워하지 않는 것 같으니 그와 함께 수를 내보마."

"참, 류 학사 이야기가 나와서 하는 말입니다만, 매달 금자 오백 냥이면 스무 달이면 만 냥을 채울 겁니다. 그땐 어찌합니까?"

"내 말하지 않았더냐? 그는 아내를 찾는다고."

류경이 찾는 것이 아내라는 것을 모용지헌에게 들었던 요동검현이 이미 섬현검에게 설명을 했던 것이다.

"그렇지요. 그래서 염왕전에 의뢰를 한다는 게 아닙니까?"

"의뢰를 했다고 모두 찾아지는 것은 아니다. 더구나 외국의 정보가 끼었으니 제아무리 염왕전이라 해도 찾는 데 시간이 걸릴 것이다. 어쩌면 찾지 못할 수도 있고."

"하오면 우린 어찌해야 합니까?"

"그걸 찾는 데 협조해야지. 더구나 그는 구려 무인이다. 은혜를 입으면 절대로 돌아서지 못하는 이들이라 그 말이다."

"우리에게 은혜를 입도록 해야 하는군요."

"그렇다고 억지는 안 돼. 자신들을 이용하려는 자를 극도로 싫어하는 것이 또한 구려의 무인이니까."

"염려 마십시오. 은혜를 억지로 입게 할 생각도 없으니까요. 대신 이곳이, 우리 모용세가가 좋아서 미치도록 만들어 보겠습니다."

"어쩌려고?"

"세상 모든 남자들이 좋아하는 것, 그걸 공략해 봐야죠."

"세상 모든 남자들이 좋아하는 것? 뭐, 술 말이냐?"

"아버님도 참… 술과 여자. 어떤 게 좋으세요?"
"그야……."
 술이라고 답하고 싶었지만 차마 그럴 수는 없었다. 남자에게 여자보다 위에 놓는 게 생긴다는 것은 늙었단 증거였으니까 말이다.
"어험험……."
 그저 헛기침을 하는 요동검현에게 섬현검이 의미심장한 미소를 지어 보였다.
"기대하셔도 좋을 겁니다. 크흐흐흐!"
 왠지 섬현검의 느끼한 웃음이 불편했다. 그리고 그런 자신이 괜히 싫어지는 요동검현이었다.

제75장
방문을 받다

무사의 안내로 들어선 서재는 고려에 있을 때 잠시 구경했던 국자감의 서고를 넘어서는 엄청난 규모였다.

커다란 전각 전체가 서가들로 빼곡히 들어찬 서재는 바라보는 것만으로도 배가 부른 듯했다.

저도 모르게 급해진 발걸음으로 서재 안에 들어선 류경은 서가를 채운 책들의 제목을 읽는 것만으로도 행복했다.

고려에선 구할 길이 없어 말로만 들었던 책들이 서가에 가득했던 것이다. 더구나 안쪽 서가엔 범어와 고대 상형문으로 된 죽간들도 가득했다.

마치 서재 전체가 과거부터 현재까지의 모든 책을 품고 있는 듯이 느껴졌다.

그곳에서 류경은 나흘 동안 두문불출 움직이지 않았다.

결국 류경의 건강을 걱정한 모용민과 제자들이 음식을 싸오고서야 류경의 탐닉이 잠시 중단되었다.

"벌써 나흘이나 지났더란 말이더냐?"

놀라는 류경의 물음에 모용민이 고개를 끄덕였다.

"예. 하도 걱정이 돼서 그냥 있을 수가 없었습니다, 스승님."

"허허, 이런, 내가 너무 흥분했던 모양이구나."

"책이 많아서 기쁘셨습니까?"

"네들에게 이런 말을 해도 좋을지 모르겠다만, 황홀했단다. 아주 행복했지."

"아직 시간은 많이 있습니다. 이삼 년이고 십 년이고, 스승님께서 이곳에 머무시겠다고 하면 세가는 언제나 환영이라고 가주께서 전해 달라 하셨습니다."

모용민의 말에 류경의 얼굴에서 흥분이 씻겨 나갔다.

2, 3년, 혹은 10년…….

시간을 생각하자 어디에서 무슨 고통을 당하고 있을지 모르는 아내의 생각이 머릿속을 채웠다.

찾을 수만 있다면 이따위 서재 당장 버리고 떠날 수도 있었다.

갑자기 시무룩해지는 류경의 표정에 모용민이 당황해서 물었다.

"저기… 제가 스승님께 무슨 말 실수라도……."
"아, 아니다. 그냥 생각나는 것이 있어서 그런 것뿐이니 신경 쓸 거 없다."
 류경의 말에도 모용민의 걱정스런 표정은 좀처럼 사라지지 않았다. 결국 류경은 생각에 없던 수업을 해서야 모용민의 신경을 다른 곳으로 돌려놓을 수 있었다.

 수업을 마치고 아이들이 돌아간 후, 류경은 서가가 가득한 서재를 바라보았다.
 하지만 그 눈 속에 이전처럼 떨리던 흥분은 들어 있지 않았다.
"험험, 계시오?"
 난데없는 헛기침에 뒤를 돌아보니 창천검왕과 일성 진인이 들어서는 것이 보였다.
"이시 오시오."
"그래, 이곳을 마음에 들어 한다고 하더니, 아예 나와 보지도 않는 게요?"
 창천검왕의 물음에 흐릿하게 미소 지은 류경이 답했다.
"잠시 흥분에 눈이 어두워졌던 모양이오."
"그럼 이젠……?"
"정신 차렸소. 한데 어쩐 일로……?"
 류경의 물음에 창천검왕이 은근히 물었다.

"학사로 머문다고 들었소만."

"맞소."

"해서 하는 말이오만, 우리 남궁세가의 서재도 이만한 규모는 되오. 어찌… 생각이 없으시오? 내, 류 학사가 원한다면 이보다 몇 배는 더 큰 서재를 새로 만들어 줄 수도 있소."

"왜 그렇게까지 하면서 날 데려가려 하는지 물어도 되겠소?"

류경의 직설적인 물음에 창천검왕도 솔직히 답했다.

"내 눈이 틀리지 않았다면 류 학사의 경지는 현경이요. 나보다 높은 경지의 사람을 세가에 둘 수만 있다면 난 더한 것도 해 줄 수 있소."

평화가 길었다. 그 덕에 정천맹도, 마련도 해체되었다. 지금은 문파별 무한 경쟁 시대였다.

정사마를 가리지 않고, 문파가 가진 힘에 따라 서열이 매겨졌다. 그렇게 매겨진 서열에 따라 이권이 모여들고, 흩어졌다.

힘이 있는 문파가 더 많은 이권을 가져갔고, 그 이권은 다시 문파의 힘을 키웠다. 한 번 뒤처진 문파는 앞서 달리는 문파를 도저히 따라잡을 수 없는 상황이 도래한 것이다.

30년 전만 해도 오대세가의 수좌는 누가 뭐라 해도 남궁세가였다. 한때는 사람들에게 강호제일세가라 불린 적도 있으니 헛된 망상도 아니다.

그것이 뒤집어졌다. 지금 강호제일세가는 하북팽가다. 하북팽가와 남궁세가의 전력 수치는 거의 3배가량으로 벌어졌다.

그 일을 만든 것은 오직 하나다.

하북팽가엔 있고, 남궁세가엔 없는 것. 바로 현경의 고수였다.

"고수가 모든 것을 해결한 순 없소."

"그럴 것이오. 하지만 당금의 강호는 고수가 모든 것을 해결할 수 있게 되어 있소. 오시오. 내 해 달라는 모든 것을 아끼지 않으리다."

창천검왕의 구애를 일성 진인은 그저 묵묵히 바라보고만 있었다.

무당의 입장에선 아집이 강한 모용세가보단 사위를 살필 줄 아는 남궁세가가 강해지는 것이 좋았다. 그것이 잠자는 사고 덩어리 미교를 견세하기에 더 수월하기 때문이었다.

창천검왕의 솔직한 구애에 류경은 진심을 담아 고개를 숙였다.

"미안하오."

상대가 진심이었기에 자신도 진심으로 답했다. 거절의 이유를 설명하는 말은… 변명은 하지 않았다.

그리고 창천검왕도 그것을 바라진 않았는지 고개를 끄덕였다.

"아쉽지만 어쩔 수 없구려. 내 지금은 돌아가나 언제라도 문은 열어 두리다."

돌아서는 창천검왕과 일성 진인을 류경은 아무 말 없이 배웅했다.

그날, 창천검왕과 일성 진인은 각자의 세가와 본문으로 돌아갔다.

그들이 돌아간 늦은 저녁, 류경이 서재에 든 이후 한 번도 찾지 않았던 요동검현이 그를 찾아들었다.

"왜 가지 않았나?"

요동검현의 물음에 류경은 답했다.

"내게 필요한 것이 이곳에 있고, 또 먼저 연을 맺은 제자들이 이곳에 있기 때문이오."

류경의 답에 요동검현은 잠시 그를 바라보다 말했다.

"고맙네."

"고마울 것 없소. 만 냥이 차면 이곳을 떠날 수도 있으니까."

"그리되면 인연이 다한 것, 그것은 그것대로 좋은 것이겠지."

요동검현의 답에 류경은 그저 고개를 끄덕일 뿐이었다.

❀   ❀   ❀

시간이 흘렀다.

류경이 모용세가의 본가에 들어와 서재를 맡은 지도 벌써 다섯 달이 지나가고 있었다.

그사이 많은 변화가 생겼다.

모용민은 최연소로 일류 고수가 되었다. 재밌는 것은 깨달음의 수준은 이미 절정급에 들어섰다는 것이다.

요동검현으로부터 그런 평가가 내려지던 날, 경공까지 써서 달려온 모용지헌은 류경에게 고맙다는 말을 수백 번도 더 하고 갔다.

그리고 모용철령과 모용진령이 일류에 올라섰다. 며칠 후 모용군현이 바리바리 싸 들고 온 음식에 류경은 깔려 죽을 뻔했다.

그 후 류경의 가르침을 받고 있던 아이들 스물이 모조리 일류에 올라섰다. 모두 약관도 채우지 못한, 아직은 풋내기들이.

그날 이후로 사람들이 서재를 찾는 횟수가 늘었다. 특히 20명의 아이들이 교육을 받는 날이면 어른, 아이 할 것 없이 수십 명이 서재로 몰려들었다.

누구는 서가에서 책을 뽑아 들고, 누구는 홀로 난을 치는 척하며, 때론 죽간을 펼쳐 놓고 심각한 표정으로.

하지만 그들의 귀는 모조리 류경의 목소리를 향해 열려 있었다.

때문에 그들은 자신이 책을 거꾸로 들고 있다는 것도, 난을 종이가 아니라 바닥에 치고 있다는 것도, 죽간을 뒤집어 보고 있다는 것도 알지 못했다.

그러던 중, 중견 무사 한 명이 류경을 찾았다.

그는 직접적으로 질문을 던졌고, 류경은 답을 했다. 며칠 후, 그는 10년간 답보 상태에 있던 벽을 깨고 절정의 고수가 되었다.

그때부터였다. 류 학사의 호칭이 변한 것이.

"어디 가십니까, 류 사부?"

"잠시 바람이나 쏘일까 해서 시천으로 나가 볼 생각이라오."

"아이쿠, 지리도 잘 모르시는 분이. 제가 앞장을 서죠."

"그리 해 준다니 고마울 뿐이오."

사내는 뭐가 그리 좋은지 헤헤거리며 류경을 안내해 세가를 벗어났다. 시종이나 할 일을 스스로 하겠다고 나선 이는 놀랍게도 모용세가의 내총관이었다.

사촌들 중 가장 발전이 더뎠던 그가 류경의 한마디 언질에 초극으로 올라선 것이 열흘 전이었다. 그 뒤로 내총관은 류경이 콩을 팥이라 말하면 그걸 팥이라 믿었다.

내원의 심처, 지원전(智圓殿)이라 이름 붙여진 전각에 수많은 사람들이 모여 있었다.

"시간이 얼마나 지났는데, 내총관이 안 오는 게야?"

요동검현의 못마땅한 음성에 안절부절못하던 외총관은 내총관을 찾아 가내를 뒤지다 돌아온 수하의 보고를 받았다.

"가내 어디에서도 보이지 않으십니다."

결국 그날의 회의는 관례를 깨고 외총관이 진행하기 시작했다.

"고수들의 수가 기하급수적으로 늘어 가고 있습니다."

"어느 정도냐?"

"현재 초극에 오른 이들의 수가 둘에서 여섯으로 늘었습니다."

놀라운 수치다. 보유한 초극의 고수가 다섯을 넘는 곳은 십대무파뿐이었다. 당연히 사람들의 얼굴에 함박웃음이 걸렸다.

수뇌 회의에 참석힌 자신들의 이야기이기도 했기 때문이다.

"좋은 일이군. 초절정은 어때?"

"그 경지의 고수도 늘었습니다. 수가 스물입니다."

"뭐?"

강호이대무파라 불리는 무당이 보유한 초절정 고수의 수가 스물이다. 석 달 전만 해도 모용세가의 초절정 고수는 겨우 여섯뿐이었다.

"다른 경지도 전부 보고해 봐."

요동검현의 명에 외총관의 보고가 이어졌다.

"절정이 서른, 일류가 백으로 늘었습니다."

"팽가, 팽가의 자료를 줘 봐."

자파의 고수 숫자는 철저한 비밀이다. 하지만 강호행을 하지 않는 고수는 없기 때문에 대략적인 능력치는 드러날 수밖에 없다.

그렇게 정리된 각파의 고수 숫자를 대부분의 문파가 주요 정보로 보유하고 있었다.

그런 절차를 밟아 작성된 팽가의 고수 숫자를 살펴보던 요동검현이 혀를 내둘렀다.

"초극 이상의 고수들을 제외하면 거의 같은 숫자잖아?"

"맞습니다. 초극 이상의 고수가 부족하지만 초절정과 절정의 수에서 우리가 앞섭니다. 그 부분을 감안하면 팽가와 비슷한 전력입니다."

외총관의 확인에 여기저기서 감탄의 음성이 터져 나왔다. 영원한 경쟁자인 팽가에 한참이나 밀렸다고 생각했는데, 얼추 비슷하게라도 따라잡았다니 그것만으로도 가슴 벅찬 일이었다.

"역시 류 사부 덕분인가?"

요동검현의 물음에 외총관이 고개를 끄덕였다.

"예, 조언을 받은 이들의 대부분이 효과를 보았습니다. 이대로라면 팽가를 추월하는 것도 가능할 것입니다."
 희망찬 외총관의 말에 요동검현이 고개를 저었다.
 "그건 어려울 거다."
 "왜… 입니까?"
 "지금 갑자기 고수가 늘어난 것은 막혀 있던 벽을 깰 수 있는 조언을 얻었기 때문이야. 앞을 가로막은 벽에 작은 균열을 일으킬 만한 단서 하나만으로도 충분하니까. 하지만 그 다음의 벽을 만나려면 몇 마디의 조언으로는 불가능하지. 아마 다시 긴 시간의 수련이 필요하게 될 거야."
 "그 말씀은… 일정 수준의 효과 외에는 거둘 수 없을 거란 뜻이군요?"
 "그래. 하지만 지금의 효과만으로도 충분히 대단한 일이야. 모두 류 사부에게 감사한 마음을 가지도록."
 "예, 태상가주님."
 기백이 충천한 이들의 답을 들으며 요동검현은 입가를 가로지르는 미소를 감출 수 없었다.

 하나, 요동검현의 예상과 달리 모용세가의 변화는 지속적이고 파격적이었다.
 초극 이상에서는 별다른 효과를 보지 못하고 있었지만, 초절정에 도달하기까지는 류경의 조언이 엄청난 파괴력을 발휘한 것이다.

그 탓에 열 달, 류경이 모용세가 본가의 서재로 들어온 지 열 달 만에 초극 이하의 고수들은 이전의 수에 비해 3배로 불어나 있었다.

특히 무인의 꽃이라 불리는 초절정에 달한 고수의 수는 백도의 정상이라 불리는 무당조차 추월한 상태였다.

짧은 기간에 폭풍 같은 기세로 성장한 까닭에 아직까진 완벽히 외부로 드러나지 않았지만, 제법 많은 이권에 개입하고 있는 모용세가의 입장상 사방에서 초절정의 고수가 모습을 드러내는 상황이 벌어지고 있었다.

그것은 결국 타 문파들의 시선을 잡아 끌었다.

특히 모용세가를 유심히 지켜보던 하북팽가의 시선이 가장 먼저 모용세가에 닿았다.

그 탓에 가장 먼저 모용세가를 방문한 외부 인사는 십대고수의 일인이자 팽가 최강의 고수였던 도왕이었다. 그것이 오령과 모용세가의 인연이 시작된 시점이었다.

　　　　❀　　❀　　❀

"태상… 제자 민입니다."

문 밖에서 들려온 소리가 태상이라 불린 사내, 류경을 과거에서 현실로 돌려놓았다.

"들어오시게, 가주."

류경의 허락에 문이 열리며 수염을 멋들어지게 기른 중년의 사내가 방 안으로 들어섰다.

"오령으로부터 급전이 도착하였습니다."

"무어라 하던가?"

"팽가를 주저앉혔답니다."

"패천도황은?"

"도왕의 모습에 크게 놀란 모양입니다."

지금은 모용세가의 당당한 가주가 되어 있는 모용민을 바라보며 류경이 고개를 끄덕였다.

"어찌 아니 그렇겠는가? 죽은 줄 알았던 아비가 살아 돌아온 것을."

"하여 어찌하올지를 여쭈어 왔습니다."

"일단은 기다리라 하시게."

"어찌……?"

"장애물의 신분이 여상치 않네. 그의 진실 된 신분을 확인하기 전까지는 잠시 자중해 보세."

"하지만 이제 대계가 코앞이거늘……. 조금만 나가면 강호가 손에 들어옵니다, 태상. 그리되면 오랑캐들에게서 나라를 되찾을……."

"쉿! 귀는 지나가는 바람에도 달린 것이라 일렀거늘……."

"소, 송구합니다."

고개를 조아리는 모용민을 바라보며 류경이 고개를 저

었다.

"무너진 나라를 다시 일으켜 세우는 것은 만사의 힘을 모으고서도 하늘의 뜻을 기다려야 하는 것. 만사의 힘조차 모으지 못한 상태에서 그리 섣불리 발설해서야 하늘의 뜻은 어찌 얻으려 하시는가?"

"마음이 급한 탓에… 송구합니다, 스승님."

"그 마음을 모르는 것이 아니나 좀 더 자중해야 할 것일세."

"명심하겠습니다."

순순히 고개를 조아리는 제자에게 류경이 부드러운 음성으로 말을 이었다.

"팽가는 다독이고, 세가는 더 깊게 살피시게. 아직은 드러나서는 아니 될 시기란 것을 잊지 말게. 자칫 백도맹이나 마련이 우리의 진면목을 눈치채면 일이 복잡해질 것일세."

"명심, 또 명심하겠습니다."

"하면 나가 보시게."

축객령에 고개를 조아린 모용민이 방을 나갔다. 그런 제자를 바라보는 류경의 시선엔 대견함이 가득했다.

처음엔 그저 우연히 얻은 제자라 생각했다. 하지만 이들의 뿌리가 구려의 한 갈래인 선비족이란 것을 알고서는 외면할 수 없었다. 무너졌던 나라를 다시 일으켜 세우고자 하는 이들의 열기를…….

오랜 전쟁으로 무너져 가는 자신의 나라를, 잃어버린 자신의 내자를 찾는 것도 뒤로 미루어 둔 채 모든 것을 쏟아 부어야 했을 정도로 그 열기는 류경의 가슴을 뜨겁게 달구었던 것이다.

 지난 일들을 다시금 새겨 보는 류경의 귀로 얼마 전에 물러갔던 군사의 음성이 들려왔다.

"태상, 긴히 아뢸 말이 있사옵니다."

"들라."

 류경의 허락에 들어선 군사는 재빨리 보고를 올렸다.

"장애물의 소식이 들어왔습니다."

"위치를 알아냈더냐?"

"그것이 아니옵고… 무당에서 정보가 흘러나왔습니다."

"무당… 에서?"

"예."

"어떤?"

 류경의 물음에 군사가 답했다.

"인명 진인이 진무칠검과 함께 무당을 벗어났다고 합니다."

"인명 진인이면……?"

"현 무당의 장문인입지요."

"그가 무당을 벗어난 것이 장애물과 무슨 연관이 있다고?"

"인명 진인이 무당을 벗어난 것이 장애물과 만나기 위해서랍니다."

군사의 답에 류경의 표정이 굳었다.

"신빙성은……?"

"무당 장로의 입에서 나온 정보입니다."

"흠… 추적은 가능한가?"

"이미 그리 조처해 놓았습니다. 하여 칠검과 팔도, 그리고 사신들의 출가를 청합니다."

군사의 말에 류경은 고개를 저었다.

"불가."

"어, 어찌……?"

"사신을 얹었다 해도 가람검을 넘어설 수는 없다."

류경의 말에 군사의 눈이 화등잔만 해졌다. 그런 군사를 바라보며 류경이 말을 이었다.

"일단은 지켜만 보라. 위치가 확인되면 내가 직접 가 볼 것이다."

"태, 태상께서 직접 말씀이십니까?"

놀라는 군사에게 류경은 작게 고개를 끄덕여 보였다.

자투리 하나
가람검과의 인연

"그러니까 선사님의 사백께서 이 녀석을 맡아 줄 것이란 말씀이지요?"

옆에 앉아 작은 눈으로 자신과 아비를 살피는 어린아이의 머리를 쓰다듬은 김윤후가 고개를 끄덕였다.

"예, 거사님. 소승의 사백께서 맡아 주실 것 입니다."

"그분의 존성대명이……."

눈앞의 사람은 유명한 인사다. 그것도 온 나라를 떨어 울릴 만큼 유명한. 그런 이의 사백이니 그 이름이 얼마나 드높겠는가 싶어 물은 말이었다.

"사백의 법명은 그리 알려져 있지 않답니다. 예로부터 우리네 배달인들에게 물려 내려오는 전통 무예를 잇는 비맥(秘

脈)의 승려이신 까닭이지요."

 비맥이라……. 귀동냥을 한 적이 있다. 당시 이야기를 나누던 무장들의 말에 따르면 이 나라, 고려의 최고 무인들은 모두 그곳에 모여 있다고 했다.

 아무리 그렇다 해도 이름도 모르는 이에게 하나뿐인 아들을 보내는 것은 선뜻 내키지 않았다. 그런 상대의 마음을 읽었던지 김윤후가 말을 이었다.

 "사백의 진실 됨에 작은 허명이긴 하나 저잣거리에 회자되는 제 이름을 걸지요."

 당대 최고의 장수로 꼽히는 의병장, 그것도 수행의 산실이라 불리는 산인(山人) 출신의 승장 김윤후의 이름이 걸렸다.

 조정도 외면할 수 없을 만큼 드높은지라, 정식 벼슬까지 제수한 이름이다.

 "받잡기가 민망합니다."

 고개를 숙인 의한의 얼굴에 당황감이 짙다. 이 명성 자자한 의인을 의심한 꼴이 된 탓이었다.

 "하하하, 거사님을 책망하고자 드린 말씀이 아니올시다. 그저 제 허명으로라도 걱정을 덜어 드릴 수 있을까 하여 드린 말씀이니 너무 괘념치 마시지요."

 "죄송합니다. 소인이 배우지 못해서 의심이 많은지라……."

 포교다. 그것도 무관(無官)의 포교, 중인 정도의 신분으로는 오를 수 있는 최고의 자리까지 오른 셈이지만 어디까지나 중인 계층의 시야다.

산인의 시선이 그런 사바세계의 잣대에 머물진 않겠으나 상대의 귀태에 은연중 쪼그라드는 마음을 거둘 길이 없었다.

"어찌 그런 말씀을……. 그저 소중한 인연이나 맺고 싶을 뿐입니다."

소중한 인연… 기실 아이와 자신 간엔 인연의 고리가 없었다.

그럼에도 인연을 들먹인 것은 언뜻 스친 아이의 미래가 온통 피로 점철된 탓이었다. 이대로 방치해 두면 훗날 커다란 흉성이 될 재목인 것이다.

그것을 다스리고 싶었다. 수년간 시산혈해인 전장을 굴렀건만, 여전히 승려의 허울이 남은 탓인지 그냥 지나치지 못했다.

"우리 아이와 그리 인연이 깊으시다 하니……."

아이의 부친인 의한이 흔들리자 김윤후가 설득의 끈을 조금 더 바짝 당겼다.

"믿고 맡겨 주십시오. 사백의 품에서 십수 년만 수도에 정진하면 다시 거사님의 품으로 돌아올 수 있을 것입니다."

십수 년……. 속세를 번잡한 사바의 세계로 보는 산인의 눈에는 십수 년이 짧은 모양이지만, 속인인 의한의 입장에

가람검과의 인연 • 241

서 그 시간은 평생이나 마찬가지였다.

더구나 그것이 5살배기 외동아들과의 이별 기간일 때엔 더할 나위가 없다.

"그, 그리 오래……."

"찰나의 순간일 뿐입니다. 지나 돌아보면 바로 뒤에 있는 시간이지요. 보내시고 고개를 돌렸다 다시 보면 장성한 아드님을 보실 수 있을 겝니다."

역시나 산인의 입에나 오를 법한 말이다. 더 이상 논해 봐야 소용없다는 것을 느낀 의한의 시선에는 갈등이 깊었다.

곧 강화를 떠나 전장으로 나서야 하는 자신의 상황만 아니라면, 승장 김윤후가 아니라 임금이 내달라 해도 주지 않을 만큼 소중한 아이였다.

"하면 어디로 가게 되는 것입니까? 혹 어느 사찰로 가게 되는지 알 수 없는 겁니까?"

"사백께선 지리산 산중의 작은 암자에 계십니다."

"전란이온데 산중이라……."

"산중에서도 심처입니다. 산짐승조차 깊어 발을 들여놓기가 어려운 곳이지요. 전란이라면 그 옅은 자락마저 들어서지 못하는 곳이고, 혹여 눈먼 칼이 든다 하여도 사백의 법력 아래 위험이란 논하기 어려울 것입니다."

전란 통에서 안전한 곳이란 말만큼 깊은 유혹은 없었다.

적이 물을 두려워해 강화로 들어앉은 조정조차 위태로운

시간의 연속이었다. 그런 시기에 안전한 곳이라면 두말할 필요가 없으리라.

"다행이긴 한데……."

그럼에도 여전히 갈등의 폭이 넓고 깊다.

나이 사십을 눈앞에 두고 아내와 맞바꿔 얻은 하나뿐인 아들이었다.

자신과 가문에 남겨진 유일한 핏줄인 셈이다. 고심이 깊지 않다면 말도 안 될 일이었다.

그 긴 고심과 짧은 체념 속에 의한의 고개가 끄덕여진 것은 그로부터도 근 한 식경이 지난 후의 일이었다.

"선사님의 말씀을 따르지요."

힘없이 떨어지는 의한의 승낙을 웃는 얼굴로 받은 김윤후는 아이를 떠나보내야 하는 아비의 청으로 예정에도 없던 하루를 더 강화에서 머물러야만 했다.

그날 밤, 그 귀한 아들을 가슴 깊이 끌어안고 잔 의한은 다음 날 아침, 약간의 노자와 함께 주먹밥 몇 개를 싸 넣은 보자기를 들린 5살배기 아들, 세영의 손을 김윤후에게 쥐여 주었다.

멀어져 가는 아이를 바라보며 의한은 하염없이 울었지만, 며칠간 스님과 함께 무술을 배우러 가는 줄만 알았던 세영은 멀어지는 아비에게 환하게 웃는 얼굴로 손을 흔들어 주었을 따름이었다.

❀   ❀   ❀

"이 녀석아, 그리 흐느적대서야 제대로 된 힘이 나올까? 그리고 눈은 왜 그리 뱁새처럼 치켜뜨고 지랄인 게야!"

스승인 담운 선사의 고함에 세영은 댓 발이나 튀어나온 입을 다시 한 자 가까이 내밀며 불퉁거렸다.

"아니, 조금 전에 힘주지 말고 움직이라고 했던 건 사부잖아요. 그래서 힘을 빼고 움직이는 건데 이젠 다시 힘을 주라니, 도대체 나보고 어쩌란 말이에요?"

입을 내밀고 불퉁거리는 어린 제자 놈을 바라보며 담운 선사가 다시 고함을 질렀다.

"예끼, 이 녀석아! 머리가 그리 둔해서야 뭐에 써먹누. 맷돌 대신에 쓰랴, 아니면 불 피울 때 쓰는 부싯돌로 쓰랴? 그리고 내가 언제 힘을 빼라 했더냐! 그냥 몸을 가볍게 하여 동작을 부드럽게 하되, 그 가진 기세는 살리라 하지 않았더냐."

스승의 고함에 이번에도 지지 않고 세영이 받아친다.

"아니, 그게 말이나 돼요? 몸을 가볍게 하려면 당연히 힘을 빼야 하고, 동작을 부드럽게 하려면 당연히 조금 흐느적대는 게 인지상정이지. 그게 무에 이상하다고! 그리고 기세를 살리라면서요! 그래서 어마어마한 기세를 지금 눈으로 마구 뿜고 있잖아요. 안 보여요? 지금 내 눈에서 막 뿜어져 나가는 이 살벌한 기세가! 이게 안 보이면 사부의 눈에 백태가 낀 거라고요! 그리고 내 눈이 어딜 봐서 뱁새눈이에요? 독 오른 살모사의 눈이지."

 세영의 대답에 담운 선사는 5척 단구인 작은 몸 전체가 출렁거릴 정도로 크게 웃어 젖혔다.

 "으하하하! 아이고, 배야! 예라~ 이! 네놈 눈이 살모사의 눈이면 저기 툇마루 밑에 배 깔고 누워서 졸고 있는 누렁이 눈은 용 눈깔이다, 이놈아!"

 "아~ 어따 대고 누렁이 새끼 눈을 갖다 대요!"

 스승의 말에 핏대를 올리며 따지는 세영은, 그러나 여전히 쉬지 않고 스승이 알려 준 동작을 반복하고 있었다.

 그에 따라 처음엔 영 흐느적대는 것 같던 모양이 시간이 지날수록 조금씩 힘을 담기 시작했다.

 그리고 세영의 그 손짓 하나하나에 주변에 늘어져 있던 나뭇잎들이 찰랑거리며 움직여 댔다.

 그 모습을 바라보며 입으로는 연신 타박을 해 대는 담운 선사의 눈에도 대견함이 가득 차올랐다.

"설핏 느끼기에도 아이의 인연이 가슴 시리도록 아프구나."

"예, 사백님. 하지만 자질이 쉽게 찾을 수 없을 정도로 너무나 좋고, 또 인연이 어차피 무의 길로 이어진 아이인

지라······."

 사질이 데리고 온 아이를 마당으로 내보내 놀게 한 다음, 담운 선사는 모처럼 찾아온 사질과 마주 앉아 담소를 나누고 있었다.

 "그렇긴 하다만, 그 인연의 바닥이 아픔으로 깊으니 그것이 못내 걱정이로구나."

 사백의 말에 김윤후가 작게 미소 지으며 말을 받았다.

 "예, 그러합니다. 하지만 저 아이가 가진 자질과 기운이 아직은 너무도 맑기에 사문이 끌어안고 보듬으면 그 아픔이 널리 퍼져 나가지만은 않을 것이라 생각했습니다."

 김윤후의 말에 선선히 고개를 끄덕인 담운 선사는 나지막한 목소리로 말을 이었다.

 "그리할 수도 있겠지. 어차피 무에 인연이 있는 아이이니 그 아픔을 오롯이 자신의 것으로 감당할 수 있는 그릇으로 키워 봄도 무예를 익히는 자의 도리일 테지. 힘은 들겠지만 잘한 결정이니라."

 "감사합니다, 사백님."

 깐깐함을 넘어 꼬장꼬장하기기 이를 데 없는 사백의 칭찬에 살며시 웃으며 답을 한 김윤후가 천천히 자리에서 일어섰다.

 "하면 소질은 소임이 있어 산을 내려가도록 하겠습니다."
 "그리하려느냐? 하지만 저 어린것을 데리고 어두워지는

산을 내려가려면 쉽지 않을 터인데, 자고 내일 가지 그러느냐?"

사백의 말에 어리둥절한 표정이 된 김윤후가 당황한 음성으로 말했다.

"저… 사백님, 저 아이는 저를 따라갈 아이가 아니온데요."

"그게 무슨 말이냐? 제자로 삼을 아이라며, 데리고 가지 않으면 어찌하려고?"

고개를 갸웃거리는 사백을 바라보며 김윤후는 여태 자신과 사백이 서로 다른 생각을 하며 말을 나누고 있었음을 알아채곤 나지막이 한숨을 내쉬었다.

"사백님, 저 아이는 일전에 사백님께서 제게 부탁하셨던 일로 데리고 온 아이입니다."

"일전에 내가 부탁했던 일이라……. 그, 그럼!"

크게 당황하는 사백을 바라보며 조금 미안한 표정이 된 김윤후가 얼른 말을 이었다.

"사백께오서 말씀하셨듯이 뛰어난 자질을 가진 아이입니다. 무에 인연이 있는 아이이니 그 아픔을 오롯이 자신의 것으로 감당할 수 있는 그릇으로 키워 봄도 무예를 익히는 자의 도리이겠지요. 방금 전의 사백님의 말씀처럼 말입니다."

김윤후의 말에 담은 선사는 고리눈을 떴을망정 가타부타

말을 할 수 없었다.

 사백의 체면상 자신에게 불리하다고 사질 앞에서 했던 말을 금세 뒤집을 수도 없었기 때문이었다.

 하지만 마음에 들지 않는 일이기에 작게 투덜거리는 것마저 안 할 수는 없었다.

 "그렇긴 하다만, 아이가 너무 어리지 않느냐? 다섯이라면 아직 손 갈 일이 한두 가지가 아닐 터인데……."

 차마 귀찮다는 말은 못하고 끝을 흐렸지만, 그 속뜻을 모를 정도로 미련한 김윤후는 아니었다.

 그러나 그 말에 수긍하는 순간 저 아이는 자신의 차지가 될 터였기에 못 알아들은 척 얼른 방문을 나서 방 안에 앉아 있는 사백에게 공손하게 읍을 해 보였다.

 "하지만 그렇기에 바로잡기엔 더없이 좋은 시기이겠지요. 그 고행을 이렇듯 기쁘게 받아들여 주시니, 사백께선 진정 큰 분이십니다."

 그렇게 한껏 치켜세우는 사질의 말에 아무 소리도 못하고 세영을 받은 것이 벌써 3년 전이었다.

 그때 코흘리개였던 5살짜리 어린아이는 이제 8살의 소년으로 성장했지만, 맑은 기운을 가득 품은 산의 정기와 담운 선사의 담백한 가르침으로 여전히 예전의 밝고 맑은 성품을 그대로 간직하고 있었다.

그걸 보면 김윤후가 담운 선사에게 세영을 맡긴 것이 옳은 판단이었다는 것은 굳이 따져 보지 않아도 알 수 있었다.

"사부, 이거 언제까지 해야 하는 거예요?"

저놈의 '사부'……. 거기에 '님'자를 붙이면 오죽 좋을까만, 어린 녀석의 고집이 어찌나 세던지 거듭된 설득에도 요지부동이었다.

뭐, 그렇게 된 연유야 담운 선사 자신이 제공한 셈이었지만 서운한 건 서운한 거였다.

사실 세영이 담운 선사를 사부님이 아니라 사부라 부르게 된 것은, 담운 선사가 자신의 스승을 거론할 때마다 사부님이 아니라 사부라 표현한 까닭이었다.

어릴 때야 그저 자신의 말을 따라 하는 거려니 했지만, 이젠 알만큼 아는 나이가 되었음에도 그놈의 '님'자는 절대로 붙이지 않았다.

그걸 지적하면 눈을 동그랗게 뜨곤 '그럼 왜 사부는 사부의 사부에게 사부라 불러요?'라며 꼬치꼬치 묻는 통에 당해 낼 재간이 없었던 것이다.

그때마다 담운 선사는 어디서 못된 것만 배웠다고 호통을 쳤지만, 제자인 세영이 이 산중에서 누군가를 따라 한다면 그건 스승인 담운 선사, 본인밖에 없다는 것은 자각하지 못했던 것이다.

여하간 원체 구색과 격식을 싫어하는 담운 선사로부터 어릴 적부터 듣고 배운 세영의 말투도 그리 곱지는 않아, 둘의 대화를 가만히 듣고 있으면 마치 사이좋은 형제가 겉으로는 으르렁대는 것처럼 들리기도 했다.

그것은 사제 간에 있어서는 안 되는 일이었으나, 평생을 외롭게 살았던 담운 선사는 그런 사이를 매우 기꺼워하여 오히려 그런 대화를 부추기는 면도 없지 않았다.

거기에 세영의 자질은 김윤후는 물론이고 담운 선사 자신조차 한눈에 알아볼 만큼 매우 좋아서, 가르침을 내리는 대로 솜이 물을 빨아들이듯 거침없이 흡수하고 있었다.

그 기세가 남달라 사문의 역사상 성취가 가장 빠른 편에 속했다는 자신의 성취를 훨씬 앞지르고 있었고, 그는 담운 선사에게 더없이 기쁜 일이었다.

❀ ❀ ❀

"고로 우리 사문이 잇는 가람검은 자연의 일부에 불과한 사람의 몸에 자연의 기운을 가두어 쓰는 지나의 무예와는 그 맥을 달리한다."
"저기, 지나가 뭐예요?"
세영의 물음에 무리를 설명하던 담운 선사가 맥 빠진 표정으로 답했다.
"중국 오랑캐 놈들을 일컫는 말이니라."

"아~ 예."

"허험! 여하간 지나인들은 무예를 일러 무공(武功), 즉 무의 깨우침, 또는 무의 공부라 하지만, 우리 배달인들은 무예(武藝), 즉 무의 궁극이라 불렀다. 다시 말해 무를 하나의 공부로 생각하는 지나인과는 달리 우리 배달은 무를 궁극으로 나아가는 한 가지 방편으로 생각하였다, 그 말이다."

슬쩍 말을 끊고 세영이 제대로 듣고 있는지를 살핀 담운 선사가 말을 이었다.

"그 무예의 한 맥이 바로 네가 배우고 있는 우리 사문의 가람검이다."

"가람검은 무슨 뜻이에요?"

"지금 설명할 차례였다. 좀 진득하게 들으면 안 되겠냐?"

"예, 예."

자신의 핀잔에 건성으로 답하는 세영을 노려봐 준 담운 선사가 설명을 이었다.

"지나의 말로 굳이 표현하자면 세신(世神)이라고나 할까? 자연 그 자체인 세상을 이루는 기운을 이용하여 신령, 바로 선인(仙人)으로 거듭나려는 수행의 한 가지 길이라 할 수 있을 것이다."

담운 선사를 스승으로 모시고(?) 수도 없는 무예를 기초라는 구실로 배운 지 3년, 세영의 나이 여덟에 비로소 사문의 정식 무예에 입문하게 되었다.

하지만 그 경건해야 할 시간에 세영은 엉뚱한 질문을 던졌다.

"그러면 무술을 배우는 것이 아니라 신령이 되기 위한 방법을 배운단 말입니까?"

자신의 설명을 듣고 고개를 갸웃거리며 묻는 세영을 향해 담운 선사는 가볍게 웃었다.

"허허허! 그래, 어찌 보면 그도 맞을 듯싶구나. 실로 우리가 잇는 가람검은 신령이 되기 위한 한 가지 길이고, 그 길을 가는 지팡이로 무를 선택한 것이니 여전히 목적은 신령이 되기 위함이겠지. 네 말도 과히 틀리지 않다 하겠구나."

담운 선사의 답에 세영의 얼굴에 당혹감이 떠올랐다.

"어! 그러면 안 되는데. 집에 있는 아부지가 제가 집을 나서기 전에 이르길, 포교가 될 수 있는 무술을 배우고 즐겁게 놀다 오면 된다고 했거든요. 물론 그땐 그게 이렇게 오래 걸릴 일인지는 몰랐지만 말이지요. 하여간 그러니 포교가 될 내가 신령이 되어 버리면 안 되는 건데……."

세영의 말에 담운 선사는 인자한 미소를 그렸다.

"글쎄다, 신령이 되는 길은 맞으나 과연 네가 크게 깨달음을 얻어 신령이 될 수 있을지는 잘 모르겠구나. 다만 내가 가르치는 사문의 무예를 익히면 포교를 하기엔 그 능력이 충분하고도 넘치지 싶구나."

"헤헤, 그럼 되었네요. 배우지요."

이미 사제의 연을 맺었으니 배우는 것이야 당연하건만, 설명을 듣고 난 세영은 배워 보겠노라고 동의를 던져 주고 있었다.

그 어이없는 행동에도 담운 선사는 허허거리며 웃기만 했다.

그리고 그날 이후, 세영은 그 가람검이라는 무예를 배우겠다고 한 자신의 입을 꿰매 버리고 싶어지는 시간을 십여 년 넘게 보내야만 했다.

❀　　❀　　❀

"오늘은 가람검의 기본인 기 쓰는 법을 배워 보자꾸나."

본래의 모습과는 달리 진중한 형색을 갖추고 말하는 담운 선사를 묘한 시선으로 바라보며 세영이 물었다.

"아니, 기를 쓰는 방법도 배워요?"

얼른 알아듣지 못해 잠시 고개를 갸우뚱거리던 담운 선사는 세영의 물음이 무엇을 뜻하는지 알아차리곤 '네놈이 그러면 그렇지.' 하는 표정을 지었다.

"무언가를 하기 위해 애를 쓰는 걸 말하는 것이 아니라 세상의 근본인 기를 쓰는 방법을 말함이니라, 이 무식한 놈아!"

"그러니까 그 기나, 그 기나 내 같은 거 아니냔 말이에요."

가람검과의 인연 • 253

"예라이, 무식한 놈아! 앞선 기는 노력을 말하는 게고, 뒤에 말하는 기는 자연에 분포하는 기를 뜻하는 거란 말이다!"

비로소 알아들은 세영이 입을 내밀었다.

"이씨! 좋겠어요! 하나뿐이 없는 제자가 무식한 놈이라. 하긴 뭐, 배운 게 있어야 유식하지. 제자가 무식한 거야 다 사부 탓 아니겠어요?"

세영의 기가 막힌 대꾸에도 불구하고 담운 선사는 호통을 치기보단 설명을 잇는 것에 집중했다.

저렇게 되도 않는 말에 대꾸를 하다 보면 가르침은 어느새 뒷전으로 물러나고, 어린 제자와 끊임없이 말싸움을 하고 있는 자신을 발견할 때가 많았기 때문이다.

"무식한 놈! 귓구멍 후비고 잘 들어라. 우리 가람검의 기 쓰는 법은 몸을 비우고 마음을 맑게 하여 자연과 하나가 되어 자연의 기를 끌어다 쓰는 법을 말하는 것이다. 언젠가부터 부르기 쉽게 심예(心藝)란 표현이 붙었다마는 원래의 명칭은 기 쓰는 법이란 것을 잊지 마라."

"예."

시큰둥하게 답하는 세영의 음성에 손이 절로 올라가는 것을 가까스로 참은 담운 선사가 말을 이었다.

"자― 편하게 앉아라. 아니, 굳이 그렇게 힘들게 책상다리를 할 필요는 없다. 마음이 편하기 위해서는 몸도 편해야 하는 법. 그저 몸이 가는 대로 편하게 앉아 눈을 감고 천천히 숨을 쉬며 자연의 기를 느껴 보거라. 그간 가르쳐 주었던 도인법의 숨 쉬는 방법이 도움이 될 것이다마는, 지금은 그 방법을 쓰지 말고 그냥 자연에 존재하고 있는 기운을 느끼는 데에만 매진하거라. 그리고……."

그 뒤에도 한참의 설명이 이어졌고, 세영은 그것을 따라 하느라 애를 써야만 했다. 그러다…

"이놈! 눈을 감고 기운을 느껴 보라 했더니 코를 골며 졸아? 예라, 이놈아!"

"아코―"

결국 알밤을 호되게 얻어맞은 세영은 머리를 감싸 쥐고 동동거려야 했다.

그런 세영을 흘겨본 담운 선사의 가르침이 이어졌다.

"기 쓰는 법은 지나의 심법이라는 것들과는 비슷하면서도 아주 달라서, 자연의 기를 그저 끌어다 쓸 뿐, 굳이 몸 안에 담아 놓지 않는다."

"왜요?"

"그렇게 힘들여 담아 보아야 인간의 몸에 얼마나 많은 기를 담을 수 있겠느냐? 지나인들이 사람의 몸을 우주에 비견하고 그 끝을 알 수 없다 하여 소우주라 하나, 그것은 오묘한 사람의 신체 능력을 우러러 가리키는 말이지, 사람의 몸이 자연 그 자체인 우주 삼라만상을 모두 포용하고 있다고 말하는 것은 결코 아니다."

"하긴 사부를 보고 있으면 소우주는 결코 아니라는 걸 알겠네요."

"그건 또 뭔 말이냐?"

"밴댕이 소갈딱지라 그 말이죠."

"이익!"

절로 쥐어지는 주먹을 애써 풀며 담운 선사가 중얼거렸다.

"자중… 자중… 험험! 쓸데없는 소리 말고 듣기나 해라."

"예, 예."

여전히 건성으로 답하는 세영을 노려보면서도 담운 선사는 더 이상 야단을 치지 않았다.

자신의 입을 바라보는 세영의 눈이 또렷했기 때문이었다.

저럴 때의 세영은 무서운 집중력을 발휘한다는 것을 알고 있었다.

그것을 확인한 담운 선사의 가르침이 이어졌다.

"크게 보아 사람의 몸도 결국은 자연의 일부일 뿐이니, 자연의 기운을 어찌 그 일부인 사람의 몸에 담아 놓는다 하겠느냐. 그저 자연의 기운 중 작은 일부를 가두어 둘 뿐이니라. 그러니 거대한 자연의 기운 중 작고 작은 일부를 애써 몸 안에 가두어 두기보다는 그저 자연에 순응하고 가끔 필요한 만큼 얻어 쓰면 그뿐이라 하겠다."

"그럼 아무 때나 원할 때 끌어다 쓸 수는 있는 거예요?"

"물론 그렇지. 그뿐이냐? 몸에 가두어 둔 양에 구애를 받을 필요가 없고, 필요한 만큼 아무 때나 끌어다 쓸 수 있으니 그 아니 편하겠느냐?"

"그럼 얼마든지 끌어다 쓸 수 있는 건가요?"

"그럴 수야 있겠느냐. 세상의 모든 만물에 한계란 것이 존재하듯이 이것에도 한계가 존재하지."

"그게 얼마인데요?"

역시 자신의 말에 집중하는 게 눈에 보였다. 질문이 끊어지지 않는 것이다.

그것이 기꺼웠던 담운 선사의 답이 이어졌다.

"깨달음의 깊이에 따라 다르다. 다만 자신의 깨달음을 넘는 힘은 쓰기도 어렵거니와 어떻게 끌어 쓴다 하여도 결국 몸이 견디지 못하고, 몸을 상하거나 심한 경우 생명을 잃을 수도 있으니 그 점을 잊지 말아…… 어허, 이 녀석! 그새 또 조는 게냐? 그러게 배고프다고 선단을 두세 개씩 집어먹으면 약효로 인해 졸려서 안 된다고 하지 않았더냐!"

집중한다 싶어 방심했더니 꾸벅꾸벅 조는 것을 발견한 담운 선사의 호통에 놀라 깬 세영이 입을 내밀고 불퉁거렸다.

"아~ 배고픈데 어째요, 그럼. 더구나 난 이제 막 자라나는 새싹 같은 아이라고요, 새싹! 좋은 음식은 못 줄망정 그 콩알만 한 선단으론 간에 기별도 안 간단 말이에요. 내가 이러다 사부처럼 난쟁이 똥자루만 해지면 좋겠어요?"

"뭐, 뭐라, 난쟁이 똥자루! 내 이놈을!"

담운 선사의 알밤에 세영이 또다시 머리를 그러쥐고 경중경중 뛰면서도 입은 여전히 구시렁거리자 고리눈을 뜬 스승이 길길이 날 뛰었다.

그날 세영은 머리에 커다란 혹을 댓 개나 달고 선방 구석에서 밤새 벌을 서야만 했다.

다음 날 이어진 본격적인 수련에서 세영은 기 쓰는 법, 심예를 심도 있게 배울 수 있었다.

"어제처럼 졸지 말고 잘 듣거라. 심예는 크게 네 가지로 나눌 수 있는데, 그 첫 번째가 기 잘 쓰는 법, 두 번째가 티 안 내고 기 쓰는 법, 세 번째가 티 안 내고 기 많이 쓰는 법, 네 번째가 티 왕창 내고 기를 뭉텅 끌어다 쓰는 법이다."

"뭔 놈의 이름들이 그따위예요?"

세영의 핀잔에 담운 선사는 못마땅한 표정으로 말했다.

"네놈도 지나식의 표현을 좋아하는 모양이다만, 그게 좋은 것만은 아니라는 것을 알게 될 게다. 여하간 물으니 답을 해 주마. 그것들을 일러 차례로 숙기(熟氣), 암기(暗氣), 암다기(暗多汽), 폭기(爆氣)라 부른다."

"부르기도 편하고, 뭐가 좀 있어 보이고. 좋잖아요?"

"미련한 놈."

못마땅한 음성으로 면박을 준 담운 선사가 심예에 대한 설명을 이었다.

"이중 암다기와 폭기는 크게 깨달음이 있어야만 하는 것이니 가르친다고 배울 수 있는 것이 아니다. 하니 그건 나중에 네 스스로 깨달아 가야 할 것이고, 나에게선 숙기와 암기를 배울게 될 것이다. 오늘은 우선 첫 번째로 숙기, 기 잘 쓰는 법을 배워 보자꾸나."

말을 마친 담운 선사는 세영을 이끌고 자신들이 사는 암자를 떠나 산 정상으로 데리고 갔다.

정상에 오른 담운 선사는 세영을 자리에 앉히고 숙기에 대해 설명을 시작했다.

"자- 숙기는 말 그대로 기를 쓰는 법이다. 자연의 기를 끌어모아 네가 하고자 하는 일에 활용하는 것이 바로 숙기다. 숙기를 배우기 위해서는 우선 자연에 존재하는 기를 느끼는 것부터 시작해야 한다. 느껴야 끌어오든 뭘 하든 할 수 있을 테니까 말이다."

이후에 이어진 설명은 자연의 기를 느끼기 위한 방법과 그것을 몸에 익숙하게 만드는 과정에 대한 것이었다.

그 날 이후 세영은 매일같이 산 정상에 올라 숙기를 익히기 위해 끊임없이 노력했다.

그렇게 세영이 심예의 첫 번째 비기인 숙기를 연성한 지 3개월이 지나 기를 어느 정도 익숙하게 다루게 되자 담운 선사는 세영을 앉혀 놓고 가람검의 다른 것들을 가르치기 시작했다.

 기만 이끌 수 있다고 이루어지는 것은 없으니, 형(形)인 기(氣)를 배우는 동안 태(態)를 갖출 공(攻)을 가르치려는 것이었다.

 "그간 숙기는 어느 정도 그 기본을 갖추었으니 오늘부터는 그렇게 모은 기를 이용하는 방법을 가르쳐 주마. 그 방법을 공이라고도 하는 바, 우리 가람검의 공에는 크게 세 가지가 있단다."

 "그게 뭔데요?"

 "이제 설명할 테니 잘 듣거라. 우선 도구를 이용하는 법과 맨몸으로 때우는 법, 그리고 발을 이용하여 뛰는 방법이 있다, 그중 오늘은 맨몸으로 때우는 방법을 배우게 될 것이다."

 드디어 무언가 쓸 만한 것을 배운다고 생각한 세영이 초롱초롱하게 눈을 빛내자 담운 선사는 만족한 미소를 지으며 말을 이었다.

 "몸으로 때우는 법은 기를 끌어다 몸에 펼쳐 두고 쓰는 방법을 말함이다."

 "뭐에 쓰는 건데요?"

 "무가 무엇이겠느냐? 위험으로부터 나를 지키는 것에 초점이 맞추어져 있으니, 상대를 치는 것에 쓰이는 것이니라."

"그럼 권법이에요?"

"권법은 손만을 쓰지만 우리 가람검의 것은 손과 발은 물론이고, 어깨, 무릎, 등, 팔꿈치 등 온몸을 사용한다. 이걸 일러 네가 좋아하는 지나식 표현으로 투예(鬪藝)라 부른다."

자신의 말에 '투예'를 중얼거리는 세영을 일별한 담운 선사가 말을 이었다.

"일반적으로 권법이니, 각법이니, 조법이니 하며 몸의 일부분만을 단련하고 쓰는 무술들이 있으나 우리 가람검은 상대를 치는 것에도 궁극의 도를 가르친다. 어떤 한 부분만을 쓰는 것이 아니라 전신을 사용한다는 것이다. 어찌 보면 지나의 외공이라는 박투술과도 외형상으론 맥을 같이하나 우리 가람검의 것은 그저 몸과 그 안에 포함된 기운만이 움직여지는 것이 아니라, 손길 하나 발끝, 그리고 어깨와 무릎 등 움직이는 관절 마디마디마다 자연의 기운을 싣는 것을 기본으로 하니 그 바탕부터 다르다 하겠다. 그리고 이것은 보여 주고 설명하는 것만으로는 절대, 결단코 배울 수 없는 것이니라."

왠지 그 말을 하는 담운 선사의 얼굴에 사악한 만족감이 서리자 세영이 의심스러운 표정으로 물었다.

"그래서 어찌하자고요?"

세영의 물음에 담운 선사가 눈을 반짝이며 답했다.

"이 투예는 오로지 진짜 움직임만으로 배워지는 것이니

오전엔 이전처럼 숙기를 익히고 오후엔 나와 매일같이 손발을 섞어야만 할 것이다."

이것이었다. 한 번도 지지 않고 바락바락 대드는 세영을 매번 벼르면서도 구실이 적어 단죄할 거리를 찾지 못하던 담운 선사가 찾아낸 방법이…….

사부의 말뜻을 알아듣고 멍해 있는 세영을 바라보며 나름대로 환한 표정을 지어 보이는 담운 선사의 설명이 이어졌다.

"투예도 깊게 파고들면 다섯 가지의 비기로 나뉜다. 첫 번쩐 가장 기초적인 것으로 한 명과 싸우는 법, 두 번째가 코피 터트리는 법, 세 번째는 멍들지 않게 때리는 법, 네 번째는 정신 잃게 때리는 법, 다섯 번째가 여러 명과 싸우는 법이다. 네놈이 좋아하는 지나식 표현을 이야기해 준다면 순서대로 단타(單打), 폭타(爆打), 암타(暗打), 망타(忘打), 난타(亂打)라는 별칭이 붙어 있다. 우선은 한 명과 싸우는 법, 단타부터 시작하자꾸나."

그리고 그 날부터 담운 선사의 말대로 세영은 담운 선사와 하루에 두어 시진씩 지쳐 쓰러질 때까지 싸움질을 해야만 했다.

담운 선사가 아무리 체구가 작다 하여도, 또 세영이 아무리 기초적인 무술을 수년간 배웠다 해도 어린아이가 무슨 능력으로 어른을 이길까?

그럼에도 제자가 가진 능력에 맞는 높이로 상대하는 담운 선사를 상대로, 세영은 매일같이 째지고 터지면서도 악착같이 싸움을 해 나가야만 했다.

자투리 둘
사부가 줄행랑을 놓다

심예와 투예를 배우고 익힌 지 2년.

어느 날, 담운 선사가 세영을 불러 앉혀 놓고 물었다.

"투예는 이제 멍들지 않게 때리는 법인 암타까지 끝났으니, 앞으론 정신 잃게 때리는 법인 망타와 여러 명과 싸우는 법인 난타를 배우게 될 것이다. 그간 기 쓰는 법은 어느 정도나 성취했느냐?"

담운 선사의 물음에 세영이 심드렁하니 답을 했다.

"숙기는 마음속 고리가 다섯 개 정도 생겼어요. 암기는 세 개 정도."

가람검에 속한 모든 무예는 기를 끌어 쓸 때마다 심상에 어리는 고리의 수로 그 성취도를 측정할 수 있었다.

사부가 줄행랑을 놓다 • 267

지나식으로 쉽게 말하자면 고리가 5개는 5성을 3개는 3성의 성취를 이르는 것이었다.

세영의 답에 인상을 구긴 담운 선사의 호통이 이어졌다.

"이놈아, 기 잘 쓰는 법과 티 안 나게 기 쓰는 법이란 좋은 우리말이 있건만, 굳이 지나의 글에 빗댄 명칭을 댈 것이 무엇이더냐!"

담운 선사의 호통에도 불구하고 심드렁한 표정과 말투는 변하지 않은 채 세영의 답이 이어졌다.

"그걸 정말 모른단 말이에요? 참 내, 짧잖아요. 우리말은 길지만 지나 애들 표현으로 하면 짧지 않습니까! 우리 것을 지키는 것도 좋지만 편하고 좋으면 받아들일 줄도 알아야지요. 그리 고리타분해서야……."

말은 그렇게 해도 마음속으론 우리 표현이 더 재미있고 정답다는 데는 세영도 동의하는 바였다.

하지만 매일매일 자신을 괴롭히는 맛에 사는 사부가 유난히 우리말을 고집하기에 어깃장을 놓는 심정으로 뻗댄 것일 뿐이었다.

그 속을 모르지 않는 담운 선사였기에 세영의 불손한 대꾸에도 호통을 한 번 치는 것으로 마무리하고 그에 대해선 더 이상 거론치 않으며 다음 말을 이었다.

"네놈이 지나 것을 우대하다 언제고 큰 코 다칠 날이 올 것이다, 요놈아."

"흥, 남이사."

"저- 저, 막돼먹은 놈의 조동아리를 콱……. 하여간 잘 듣기나 해라, 이놈아. 이제 네가 기 쓰는 법, 에이! 그래, 네놈이 좋아하는 대로 해 주마. 숙기가 다섯 고리 정도에 이른다 하니 발을 이용하는 공을 가르칠 때도 되었다 싶어 그것을 알려 주려 한다. 자고로 그저 무작위로 놀리는 발보다는 기를 씀에, 또는 공을 침에 있어서도 움직임을 편하게 하도록 특별히 정리된 방법을 적용하면 훨씬 좋은 결과가 나오느니라. 그런 방법을 일러 우리 가람검에선 걷는 법, 네놈이 좋아하는 지나 애들 식으론 보예(步藝)라 한다."

자신의 통명에 입을 씰룩거리는 세영을 슬쩍 일별한 담운선사는 설명을 이었다.

"이것에도 몇 가지 법이 있어서 그것들을 일러, 잘 걷는 법인 정보(正步), 빨리 뛰는 법인 섬보(閃步), 잘 피하며 걷는 법이라 이름 붙여진 파보(破步), 안 들키고 걷는 법인 은보(隱步), 그리고 눈 위에 발자국 안 내고 걷는 법인 설보(雪步)라 한다."

"그것도 다섯 가지네요?"

"그래, 그중 설보는 숙기가 일곱 고리가 되어야 배울 수 있을 것이고, 나머지는 고리가 여섯 개에 이르면 섞어 쓸 수도 있으니 참으로 유용하다 할 수 있을 것이다. 일단 그러기 위해서는 정보부터 배워 보자꾸나. 그 방법은……."

그 뒤로 이어지는 긴 설명에도 불고하고 가람검에 점점 빠져들어 가던 세영은 눈과 귀를 한시도 담운 선사에게서 떼지 못하고 있었다.

그런 적극적인 세영의 모습에 담운 선사도 신이 나 자신의 심득을 하나라도 더 전하기 위해 애를 썼다.

※　　※　　※

보예의 정보를 익힌 지 반년, 나름대로 정보의 성취가 있자 담운 선사는 세영에게 빨리 뛰는 법인 섬보를 전수하기 시작했다.

"자- 섬보를 배워 보자꾸나."

자신을 불러 섬보에 대한 가르침을 내리려고 운을 떼는 담운 선사에게 세영이 불현듯 물었다.

"그럼 그 축지법(縮地法)이라는 것을 배우는 간가요?"

자신의 말에 담운의 얼굴이 굳어지자 세영은 바로 말을 고쳐 이었다.

"하긴 뭐, 나도 사부가 그렇게 유명한 걸 알고 있다곤 생각지 않았으니까 너무 긴장하지 말자고요. 그럼 호보(虎步)라는 것 정도는 되는 거죠?"

완전히 굳어진 얼굴의 담운 선사가 나지막한 목소리로 물었다.

"그런 건 또 어디에서 주워들은 게야?"

"예전에 저자의 사가에 살 때 들었지요. 나도 그 정돈 안다구요, 뭐……."

자못 잘난척하는 세영의 대답에 구겨진 얼굴이 된 담운 선사가 호통 어린 물음을 던졌다.

"어디서 귓구멍은 뚫려 가지고……. 그럼 내 하나만 묻자! 네놈이 득도한 도인이더냐, 축지법을 쓰게? 그도 아니면, 천기를 수련한 천장(天仗)이냐, 호보를 쓰게?"

담운 선사의 말을 이해하지 못한 세영이 그 초롱초롱한 눈망울을 굴리며 바라보자 담운 선사는 더 이상 쓸데없는 말이 나오기 전에 설명을 마칠 요량으로 말을 이었다.

"섭보란 말 그대로 빨리 뛰는 방법을 이름이라. 네놈의 말대로 득도한 도인이나 천기를 수련하고 인세로 내려온 천장들이 축지법이니, 호보니 사용한다고 한다만, 그건 어디까지나 이야기에서나 나올 법한 말이고. 우리 같은 평범한 사람들은 대체로 빨리 뛰기 위해선 한 가지 방법밖엔 없다. 오로지 열심히, 최선을 다해서, 무조건, 젖 먹던 힘까지 다해……."

온 신경을 집중하는 세영의 귀로 담운 선사의 설명이 들려왔다.

"…빨리 뛰면 되는 것이다."

"예?"

잘못 들었나 싶어 세영이 다시 한 번 묻자, 짜증이 가득한 표정의 담운 선사가 다시 답을 해 왔다.

"못 들은 게야? 쯧쯧. 정신을 어디다 두고는. 잘 듣거라. 대체로 빨리 뛰는 방법이란 흐음… 그저… 최선을 다해서… 무조건, 젖 먹던 힘까지 다해서… 빨리 뛰면 되는 것이란 말이다."

그제야 말뜻을 정확하게 알아들은 세영이 어이없는 표정으로 물었다.

"그럼 일반인들처럼 무조건 달리라는 말이에요?"

"흠흠! 그게 어찌 같더냐? 내가 정보를 알려 주었지 않았느냐! 그 정보로 빨리 걸으란 말이다. 아주 빨리."

그러니까 정보를 빠르게 시전하여 뛰라는 말이었다.

그날 이후 세영은 정말 '개 발에 땀나게 뛴다.'는 말이 무엇인지 처절하게 느낄 만큼 온 산야를 정신없이 뛰어다녀야만 했다.

세영의 일과는 빠듯하게 돌아갔다.

해가 뜨기 전인 묘시초(卯時初:오전 5시)에 일어나 선단 하나를 먹고, 담운 선사의 조반상을 차려 놓고서 산 정상에 올라 심예를 연성한다.

점심나절이 다가오면 내려와서 다시 선단 하나를 먹고, 사부의 점심을 지어 올린 뒤 몸을 풀다, 식사를 마치고 나온 담운 선사와 투예의 전승을 빙자한 사제 간의 악다구니를 벌인다.

그 악다구니 속에 해가 지면 이번에도 선단 하나를 먹고 담운 선사에게 저녁을 지어 올리고, 암자 앞 공터에서 보예를 수련하다 달이 완전히 뜨면 다시 심예를 연성하곤 별이 가득한 해시초(亥時初:밤 9시)에 몸을 닦고 잠자리에 들었다.

❈   ❈   ❈

그런 고된 수련이 다시 3년을 지난 어느 날, 점심을 차리기 위해 내려온 세영을 불러 앉힌 담운 선사가 조용히 말문을 열었다.

"가람검은 네놈도 이미 알고 있다시피 몸을 비우고 마음을 맑게 하여 자연의 기운을 끌어다 쓰는 심예와 온몸을 사용하여 상대를 공격하는 투예, 그리고 기를 돌려 발을 잘 놀리는 보예가 있다. 물론 그것들은 네놈도 배우고 있고."

잠시 말을 멈추고 자신을 시큰둥하니 바라보고 있는 세영을 못마땅한 시선으로 노려본 담운 선사가 뒷말을 이었다.

"하나 우리 가람검의 무예 중 정작 가장 무서운 것은 칼 휘두르는 법인 검예(劍藝)니라. 원래가 칼이라는 도구 자체가 사납기도 하거니와 상대를 상하게 함에 있어 그 무거움이 크기에 어느 정도 수련이 되지 않고서는 전하지 않는 것이 상례이고, 수련이 제대로 되었다 해도 심성이 곧지 못하면 아니 가르치는 것이 또한 규칙이나, 네놈의 삐뚤어진 심성이 그나마 내 이 꽃처럼 아름다운 심성을 통해 많이 순수해졌기에 전하려 한다."

 무언가 배우는 것을 좋아하던 세영이었으나, 근 8년을 배우기만 하고 쓰지 않으니 그 열의가 조금씩 식어 가던 때였다.

 더구나 무언가 하나를 배울 때마다 힘만 들뿐 편해지지 않으니 새로운 것을 배운다는 것이 좋게만 들리지는 않았다.

 때문에 다른 때와 달리 시큰둥한 반응에, 그저 스승의 말이 빨리 끝나 어서 점심이나 먹기를 바라는 마음을 품고 딴 생각을 하고 있던 세영의 표정은 권태로움 그 자체였다.

 열심히 말을 잇다 그런 세영의 표정을 읽은 담운 선사의 눈썹이 역 팔자로 휘어지더니 훤한 민머리가 다 벌게지도록 거센 호통이 터져 나왔다.

 "어허, 이놈! 스승이 말을 하면 귀담아 들어야지 왜 눈깔은 뒤룩뒤룩 굴리고 지랄이야!"

 5척도 안 되는 그 작은 몸으로 화를 바락바락 내는 모습은 마주 앉아 딴생각 중이었던 13살, 세영의 몸체와 그다지 차이가 나지도 않았다.

"밥 좀 먹고 합시다! 끼니때가 지난 게 언젠 줄 알아요? 거, 좋은 건 혼자 다 먹어서 사부 기운 좋은 건 알겠는데, 난 맨날 싸리 껍데기만 먹어서 기운이 없으니 밥이나 좀 먹고 하자, 이 말이에요!"

"뭐, 싸리 껍데기? 야! 이놈아! 세상 천지간의 기운이 모인 정수한 솔잎과 새벽녘의 깨끗한 이슬, 그리고 백 년이 넘은 상황버섯과 삼백 년이 넘은 산삼을 백 일 동안 정성을 들여 말리고 곱게 빻아 만든 선단을 두고, 뭐? 싸리 껍데기!"

"아~ 그렇게 좋은 거면 사부나 먹지. 왜 나만 가지고 그래요. 사부는 맨날 토끼며 곰을 잡아 그 고기를 먹으면서 왜 나만 그 싸리 껍데기를 먹어야 하냐 이거요! 이번에도 무예 때문이라는 말은 말라고요. 사부 말대로라면 같은 무예를 배운 사부는 왜 고기를 먹는데요?"

세영이 작심을 했는지 세게 나왔지만 담운 선사는 코웃음을 쳤다.

"이놈아, 요새 내가 네놈과 함께 뒹군다고 네놈이 배운 깊이와 내가 배운 깊이가 같은 줄 알았더냐? 네놈도 시간이 흐르고 세월이 지나 그 깊이가 깊어지면 고기가 아니라 독을 단지째 처먹어도 되지만, 아직 기초를 다지는 지금엔 선단 외에는 턱도 없다, 이놈아!"

자신의 말을 전혀 믿지 않는지 여전히 작게 구시렁거리는 세영에게 담운 선사가 말을 이었다.

사부가 줄행랑을 놓다

"그나마 나라가 이리 어수선해 네가 먹은 끼니가 멀건 죽뿐이었기에 다행히 그 화기가 많지 않았고, 또 나이도 다섯 살이었던 때문에 몸속에 쌓인 화기의 양도 얼마 되지 않아 그 정도였지, 아니었으면 꼬박 굶기면서 가르쳐야 했어. 뭘 알고나 이야기해, 이놈아! 그리고 그 화기도 이 선단이 있어야만 녹여서 몸 밖으로 빼낼 수 있는 거란 말이다. 네놈처럼 화기가 몸속에 있으면 가람검의 대성은 공염불이야, 알아! 그러면 포교는 둘째치고 어디 가서 장사(壯士)소리도 못 듣는 다고, 이놈아. 뭘 알지도 못하면서……."

"아- 웃기지 마쇼. 내 여기 오기 전 사가에 있을 때 아부지가 동네에서 소란을 피우던 파락호들을 잡아들이는 모습을 몇 번 봤지만, 그때 상대하던 파락호들 정도는 지금 내가 가진 실력만으로도 충분하다고요! 진짜 뭘 알지도 못하면서……."

세영의 퉁명에 흠칫한 담운 선사는 재빨리 신색을 가라앉히고는 짐짓 같잖다는 표정을 지으며 말을 이었다.

"예라, 이놈아! 그런 놈들은 네 말대로 파락호들이지 않느냐. 말 그대로 쓰레기인 게지. 하지만 포교가 어디 그런 파락호만 상대한다더냐? 네 몸체만 한 감산도를 팔랑개비처럼 휘둘러 산을 쪼개는 산대왕(산적들을 높여 부르는 말)들도 상대해야 하고, 말에서 귀신처럼 움직이며 단칼에 아름드리나무 수백 그루를 베어 넘긴다는 마상천장(마적)

들도 상대해야 하는 것이다. 그뿐이냐? 왜에서 바다 위를 걸어 건너온다는 무서운 왜구들도 상대해야 하는 것이다. 뭘 알고나 하는 말인지. 너, 단칼에 이 산을 쪼갤 수 있어? 아니면 단칼에 나무 수백 그루를 벨 수 있어? 그도 아니면 너, 물 위를 걷기는 하냐?"

이어지는 담운 선사의 말에 세영은 우습지도 않다는 듯이 대꾸했다.

"누가 그런 거짓부렁을 믿을 줄 알아요? 사람이 무슨 수로 산을 쪼개고, 아름드리나무 수백 그루를 베며, 또 무슨 수로 물 위를 걸어요?"

세영의 핀잔에 담운 선사는 입가에 비릿한 웃음을 머금었다.

"그럼 보여 줄까, 어쩔까? 응? 보여 주면 어쩔 건데?"

담운 선사가 얼굴을 들이밀며 빈정대자 세영이 바락바락 소리를 질렀다.

"좋아요! 보여 주면 내 다 믿고 사부가 시키는 건 무조건 할게요!"

"정말이냐?"

"떼국 놈 고쟁이를 입었나? 부처님 모시는 양반이 왜 그렇게 의심이 많아요! 속고만 살았어요?"

"험험! 오냐, 좋다, 내 믿으마. 대신 보여 주면 앞으로 부엌일뿐만 아니라 찬거리 준비도 네가 다 하는 것이다?"

은근한 담운 선사의 말에 세영은 잠시 흠칫했다.

 담운 선사도 그렇지만, 세영도 차나 음식을 만든다고 부엌일을 하고 설거지를 하는 것을 아주 싫어했다.

 더구나 작은 선단으로 식사를 대신하는 세영으로서는 자신은 젓가락도 못 대 보는, 오로지 담운 선사가 먹기 위한 음식을 만들거나 치울 때마다 제 분에 못 이겨 허우적댈 정도로 억울함에 빠져들기에 더욱 싫어했다.

 그나마 멀리 사가에 두고 온 부친을 봉양한다는 마음으로 부엌일을 하곤 있었지만, 산과 들을 돌며 사냥을 하거나 나물을 캐는 일은 거의가 담운 선사의 몫이었다.

 그것까지 하려면 수련 시간이 모자란 세영으로선 자는 시간을 줄여야 했기 때문이다.

 그러나 잠깐 생각해 보던 세영은 이내 걱정을 털어 내곤 환한 얼굴로 말을 이었다.

 "그런 음흉스런 흉계로 내가 물러서길 바란 모양인데, 어림도 없어요. 좋아요, 그렇게 하죠! 어디 한번 해 봐요."

 세게 나오는 세영을 바라보며 담운 선사는 득의의 미소를 지었다.

 "좋아, 네가 약속을 하였으니 믿고 보여 주마. 그나저나 이 봉우리를 베어 버리면 우리가 살 곳이 당장 없어지니, 내 저 건너편 산봉우리를 쪼개마. 단, 다 갈라놓으면 저 산이 무너질 터이니 위만 살짝 갈라놓으마. 어쩌겠느냐, 그리

해도 되겠느냐?"

"뭐, 마음대로 해요. 그것만 해도 불가능할 것이니 상관없어요. 더구나 거리도 머니 더 힘들 테고, 그게 그거겠네요."

"좋다. 그리고 그렇게 갈라진 곳 주변의 나무 수백 그루를 단칼에 잘라 내 갈라진 틈을 잘 보이게 만들어 혹시라도 다치는 사람이 없도록 하마. 그리고 내 이 봉우리에서 저 봉우리까지 허공을 걸어갈 터이니 그걸로 물 위를 걷는 것과 통 치자꾸나. 되겠느냐?"

"피- 말도 안 돼요. 어떻게 하늘을 걸어가요? 물 위를 걸어가는 것보다 배는 어렵겠네. 좋아요, 그렇게 해요."

기실 물 위를 걷는 것과 하늘을 걷는 것 둘 다 자연의 기를 이용하여 발을 받치는 것으로, 난해함은 별반 차이가 없었다.

다만 물이라는 것이 발아래에 깔려 있다는 시각적 효과로 인해 그게 더 쉬워 보일 뿐. 그렇다고 그런 내용을 일일이 설명해 줄 필요는 없었다.

어차피 나중에 보예의 설보를 익히면 스스로 알 수 있을 테니까 말이다.

"오냐, 눈 크게 뜨고 잘 보거라."

말을 끝내자 담운 선사는 몸을 비우고 마음을 맑게 하여 자연의 기운과 하나가 되기 시작했다.

이른바 기 쓰는 법, 심예(心藝)를 시행한 것이다.

그러자 주변을 가득 메우고 천지를 구성한 모든 기운들이 담운 선사의 부름에 답을 전하며 움직이기 시작했다.

 그러자 티 왕창 내고 기 뭉텅 끌어다 쓰는 법이라 이름 붙여진 폭기가 담운 선사의 의지를 통해 울려 나왔다.

 담운 선사를 중심으로 이지러지는 기운의 폭이 기하급수적으로 늘어나기 시작했다.

 이미 그의 의지대로 움직이며 답을 주는 천지간의 기운은 담운 선사의 한계에 다다랐다.

 하지만 맞은편 산 정상을 베려면 그 정도로는 어림도 없는 일, 옆에서 긴장된 신색으로 자신을 지켜보는 세영을 슬쩍 흘겨본 담운 선사는 이를 악물고 자신의 능력을 넘는 기운을 이끌었다.

 담운 선사의 성취 안에서 가능한 자연스러운 이끌림을 넘어, 의지의 한계를 뛰어넘는 힘이 끌려 움직이자 대자연이 그에게 경고를 보내왔다.

 사나운 삭풍이 그의 몸 안을 할퀴고 지나갔다.

 팽창한 의지의 기운은 심혈을 건드려 터트렸고, 그 출혈로 장기가 상했다. 목구멍을 밀고 오라오는 핏물을 억지로 되삼키며 오기로 끌어모은 기운을 수도에 실었다.

 세영은 담운 선사를 중심으로 움직이는 기운에 화들짝 놀랬다.

 이제 심상의 고리가 6개인 세영으로서는 상상도 못할 정도의 거대한 기운이 용틀임을 하고 있었던 것이다.

 그리고 그 거대한 기운의 중심에 사부인 담운 선사가 오연하게 서 있었다.

 담운 선사의 손이 천천히 움직인 것은 바로 그때였다.

 빠르게, 하지만 경망스럽지 않게 휘둘러진 담운 선사의 간단한 손짓에 건너편 봉우리 위로 먼지가 풀썩 올라왔다.

 잠시 후, 바람이 먼지를 걷어 내자 바로 직전까지도 멀쩡했던 맞은편 봉우리의 정상 부근이 어른 열 길은 넘을 정도의 깊이로 갈라져 있었다.

 그 놀라운 모습에 세영의 눈이 퉁방울처럼 튀어나왔고, 벌어진 입은 좀처럼 다물릴 줄 몰랐다.

 힘든 와중에도 제자의 그런 모습에 킬킬대며 웃어 보인 담운 선사의 입꼬리가 고통에 파르르 떨리는 것을, 세영은 너무 놀라 놓치고 말았다.

 그렇게 애써 태평한 신색을 가장한 담운 선사는 뒷짐을 진 채 허공을 걸어 반대편 봉우리로 걸어갔다.

 그리고 그 자리에서 또다시 수도를 한 번 가볍게 휘둘렀다. 그에 갈라진 봉우리의 정상부에 모여 있던 수백 그루의 나무들은 모조리 밑동이 잘려 바닥에 나뒹구는 횡액을 당해야 했다.

 그런 믿지 못할 모습을 연출한 담운 선사는 또다시 뒷짐을 지고 허공을 걸어와 암자가 있는 봉우리로 돌아왔다.

사부가 줄행랑을 놓다 • 281

그날부터 암자의 모든 부엌일은 물론, 사냥과 나물 채집은 모조리 세영의 차지가 되었지만, 막연히 시큰둥해져 가던 배움에도 일절 의심을 품거나 거절하지 않았다.

물론 불퉁거림은 여전했지만 전과 같은 반항이나 따짐은 눈을 씻고도 찾아볼 수 없게 되었다.

그리고 그런 시범 이후 근 2달을 담운 선사는 선방에서 빈둥거리며 세영의 극진한 시중을 받았는데, 사실 그 기간 동안 담운 선사는 너무나 과도한 자연의 기운을 끌어다 쓰는 바람에 상해 버린 내장을 세영 몰래 다스리느라 진땀을 빼야만 했다.

때문에 세영이 검예를 배우는 것은 담운 선사의 무력 시위가 있은 후로 2달이 지난 다음에나 이루어질 수밖에 없었다.

  ❀   ❀   ❀

몸을 추스른 담운 선사가 방에서 나오자마자 세영을 불러 놓고 가르친 것은 검예였다.

"전에도 말했다시피 이 검예는 올곧은 심성이 무엇보다 중요하니라. 이제 문도라고는 몇밖에 남지 않은 우리 사문에서 검예를 이은 것은 마음과 심지가 굳고 곧은 이 사부뿐이니라. 네놈이 조금 싸가지가 없으나 내 하해와 같이 넓은 아량으로 네게 전수하니, 가능한 그 맥이 끊기지 않도록 유념하되, 혹여 후일 네놈이 들인 제자가 네놈보다 싸가지가 없을 때는 미련 없이 검예를 버려야 할 것이다. 그로써 검예가 세상에서 사라진다 하여도 오히려 그것이 세상에 득이 됨을 잊지 말아야 하느니라. 알겠느냐?"

진중한 내용 중에도 여전히 자화자찬과 제자에 대한 험담을 빼놓지 않는 담운 선사의 말에 세영은 입을 삐죽이면서 대답했다.

"아- 기준이 사부면 못 배울 애들은 없겠네요. 그리고 사부가 올곧은 거면 난 아주 칼이네, 칼!"

"이놈아! 세상에 나보다 정직하고 똑바른 사람이 있는 줄 알아? 그리고 네놈이 칼? 헹! 지난여름에 몸보신하느라고 잡아먹은 누렁이가 네놈보다 정직했어, 이놈아."

"악! 그럼 그렇지! 뭐, 집을 나가요? 그 게으른 놈이! 그때 유난히 힘이 없네, 기운이 딸리네 하던 양반이 갑자기 팔팔 날더니만. 내 그럴 때부터 알아봤다고요!"

부지불식간에 작년 여름에 몰래 잡아먹고선 집을 나갔다고 둘러댄 누렁이에 대해 사실대로 실토하고만 담운 선사는 더 이상 대꾸할 말이 없어 얼른 검예에 대한 설명을 이었다.

"흠흠! 그럼 계속하자꾸나. 검예도 다른 공들과 마찬가지로 몇 가지 비기로 나누고 있는바, 검예는 네 가지의 비기를 가진다. 그 첫 번째가 빠른 칼인 섬검(閃劍), 두 번째는 어지러운 칼이라 불리는 환검(幻劍), 세 번짼 강한 칼이라 이름 붙은 강검(剛劍), 네 번째가 어지럽고 빠르고 강한 칼이라 불리는 환섬강(幻閃剛)이다. 앞의 세 비기는 내가 가르칠 수 있으나 마지막 환섬강은 앞의 세 가지 비기를 달통한 후에 네 스스로 깨달아야 이룰 수 있는 것이다. 그러니 너무 조급해하지 말거라."

"아- 예, 예."

답을 하는 모양새가 삐딱한 것이 누렁이 문제를 그냥 지나칠 것 같지 않자, 담운 선사는 나중에 천천히 해 주어도 될 설명마저 이었다.

"어험! 그리고 이 검예의 마지막 비기인 환섬강을 여섯 고리 이상 이루면 칼만이 아니라 손에 잡히는 모든 것이 무기가 된다. 또한 대성하여 고리가 열 개에 이르면 아무것도 없이 칼을 든 것과 같다 하였으나 그것은 아직까지 사문에서 조사를 제하고는 아무도 다다른 적이 없으니, 그런 것이 있다고만 알아 두거라."

결국 모든 설명을 마친 담운선사가 입을 닫자마자 세영의 입에서 한숨과 함께 한탄이 쏟아졌다.

"아- 불쌍한 우리 누렁이! 해탈은 했을까? 흑흑! 아니야, 아닐 거야. 지금도 속 시커먼 어떤 거짓부렁쟁이 배 속에서 애달프게 울고 있을 거야……."

그 뒤에도 꼬투리를 잡은 세영은 절대 그냥 넘어가지 않으려 붙들고 늘어졌고, 결국 몸을 상해 가며 세영에게 넘겼던 사냥과 산나물 채집은 다시 담운 선사의 차지가 되고 말았다.

그렇게 시간이 흐르던 어느 날.
"악! 노친네! 치사하게 무는 게 어디 있어요."
투예를 익힌 지 8년, 이제 열다섯이 된 세영은 담운 선사의 전력을 기울인 공격에도 용호상박의 박투를 펼칠 정도의 실력으로까지 발전할 수 있었다.
물론 담운 선사가 세영이 운용할 수 있는 만큼의 숙기로 맞섰기에 가능한 일이긴 했어도 말이다.
여하간 막상막하의 싸움을 벌이던 와중에 자신이 불리하다 싶었던 담운 선사가 세영의 왼쪽 어깨를 물어 버린 것이었다.
얼마나 세게 물었는지, 담운 선사를 떼어 놓고 다급히 풀어헤친 옷 새로 드러난 어깨에는 선명한 잇자국이 남아 있었다. 그것을 보면서도 담운 선사는 능글맞은 웃음을 지우지 않았다.
"헹, 싸움에 치사한 게 어디에 있느냐, 요놈아. 물리는 놈이 멍청한 거지."
자신이 벌여 놓은 일이 꽤나 만족스러운지 저만치 떨어

져서 서 있던 담운 선사는 연신 켈켈거리며 웃기에 바빴다.

"이익! 좋아요, 이젠 나도 안 봐줄 거예요!"

"허헝? 누가 들으면 네놈이 날 봐주는 줄 알겠다."

"좋아요, 정말이지 이젠 국물도 없다고요!"

"네 마음대로."

바짝 약을 올리는 담운 선사를 향해 세영이 다시 달려들고, 그다음부턴 완전한 이전투구가 되어 버렸다.

무는 것은 다반사였고, 침을 뱉거나 슬쩍 숨겨 두었던 흙을 뿌리는 것은 애교에 지나지 않았다.

옷 속에 돌멩이를 숨겨 와 서로를 찍어 댔고, 나중엔 할퀴고 꼬집는 것을 넘어서는 결국 머리카락을 붙잡고 나뒹구는 지경에까지 이르게 된 것이다.

❁ ❁ ❁

시간은 빠르게 흘렀다.

세영이 담운 선사에게 사사한지 14년, 세영의 나이가 열여덟이 되던 해 초입에, 그는 가람검의 대부분을 능숙하게 쓸 수 있을 정도로 발전해 있었다.

심예에 있어선 숙기의 경우엔 9개의 고리를 만들어 대성을 코앞에 두고 있었고, 암기는 여덟 고리를 이루었다. 그렇게 발전하는 와중에 한 번의 깨달음을 얻어 다암기를 4개의 고리까지 성취할 수 있었다.

 물론 공에도 상당한 발전을 거두었다. 특히 투예의 발전이 눈부셨는데, 이제 일곱 고리를 만들어 낸 난타를 제외하고는 모두 대성을 코앞에 둔 9개 고리까지에 이르러 있었다.

 부예도 나름대로의 성취를 얻어 설보는 5개의 고리를, 은보는 7개, 그 외 정보와 섬보, 파보는 모두 8개의 고리를 이루고 있었다.

 세영의 성장에서 가장 더딘 것은 역시 마지막에 배운 검예였는데, 섬검은 7개의 고리를, 환검은 5개의 고리를, 강검은 4개의 고리를 성취했다. 물론 그 세 가지를 모두 대성하고 큰 깨달음을 얻어야만 익힐 수 있다는 환섬강은 그림자도 밟지 못했다.

 그런 성취에 담운 선사는 진도가 느리다 매일같이 세영을 타박했지만, 실은 그만큼 빠른 성취를 보인 이의 이야기를 그는 들은 적이 없었다.

 그러던 어느 날, 담운 선사가 모습을 감췄다. 사형에게 가 보라는 내용이 담긴 서찰 하나를 방 안에 달랑 남겨 놓은 채.

자투리 셋
아버지의 고통이 시작된 날

아울아보는 고려정벌군에 소속된 정예 만인대의 지휘관이었다.

그의 만인대는 경성 인근의 전투가 격화된다는 다루가치들의 청원에 따라 동북면으로 이동해 온 상황이었다.

"다루가치들의 병력은?"

"동북면의 다른 지역을 점령한다고 이동하고 있습니다."

함께 싸웠다지만 그들에 대한 지휘권은 아울아보에게 없었다. 그들은 서북면의 여러 다루가치들의 병력이었기 때문이다.

"제길, 우리도 전투에 나섰어야 했는데……."

아울아보의 투정에 부관이 그를 달랬다.

"오랜 원정에 병사들이 지쳐 있습니다. 이 기회에 휴식을 취하는 것도 나쁘지 않을 겁니다, 만인장."

"그야 그렇지만……."

자신의 말에 동의하는지 투정이 누그러진 아울아보에게 부관이 물었다.

"그나저나 포로들은 어찌할까요?"

부관의 물음에 아울아보는 고심했다. 원래가 포로를 그다지 좋아하지 않아 적병을 사로잡기보다는 죽이는 것을 선호하는 그였지만, 이번만큼은 자신의 취향대로 처리할 수 없었다.

차후 고려 조정이 어떻게 나올 것인지 정보를 취합하라는 몽골 고려정벌군 지휘부의 명령이 내려와 있는 까닭이었다.

결국 아울아보가 내릴 수 있는 명령은 이미 결정이 되어 있는 것과 같았다.

"고문을 해서라도 정보를 얻어 내라."

"고문 말씀이십니까?"

되묻는 부관의 얼굴에 못마땅한 표정이 떠올랐다. 아무리 적이라도 고문은 전사의 수치였다.

초원의 전사라면 적을 죽일지언정 고문 따위를 가하지는 않는 것을 기본으로 삼는다. 간혹 장난삼아 포로를 말에 매달아 끌고 다니기도 하지만, 그것은 고문이라기보다는 승자의 놀이였고, 적에게 공포를 선사하는 수단이었다.

부관의 반발에 아울아보의 인상이 험악해졌다.

"마음에 안 들기는 나도 마찬가지야! 하지만 높은 분들의 명령이니 어쩌겠나? 시키면 시키는 대로 하는 수밖에."

"그렇긴 합니다만……."

여전히 툴툴거리는 부관에게 아울아보가 말했다.

"어쩔 수 없는 일이다. 무슨 수를 써서라도 정보를 캐내!"

만인장의 거듭된 명령에 곤혹스러워하던 부관이 조심스럽게 물었다.

"하면 그 일을 그자들에게 맡겨도 되겠습니까?"

"그자들?"

"예, 그 한족들 말입니다. 얼마 전에 대칸께서 도움이 될 거라며 보내신 무림인이라는 자들 말입니다."

"아!"

그제야 기억이 났다. 나이도 20대 중반 전후인 데다 피지배층인 한족 주제에 대몽골의 만인장인 자신을 보아도 그저 고개만 까딱해 대는 놈들. 내공이라는 기술을 익혀서 사용하는 무림인들 중 한다 하는 곳들의 후기지수라는데, 얼마 전 대칸께서 적은 수로 큰 힘을 낼 수 있는 자들이라며 보내 주신 이들이었다.

그러고 보면 한족은 고문을 꽤나 잘 사용하는 족속이었다. 그런 더러운 일을 맡기기엔 적격이기도 했다.

아버지의 고통이 시작된 날 • 293

"좋아, 처먹어 대는 식량이 아까웠는데 그 값을 할 일이 생겼군. 그놈들에게 고려의 포로들에게서 정보를 얻어 내라고 해라. 단, 죽이지는 말라고 전하고."

만인장의 말에 부관이 의문 어린 표정으로 물었다.

"굳이 왜……? 포로의 생존 여부는 상관없는 게 아닙니까?"

"그야 그렇지만 한족 놈들을 전적으로 믿을 수가 없다. 죽여도 된다고 말하면 일부러 죽여 우리가 필요한 정보를 얻지 못하게 방해할 수도 있다. 그러니 죽이지 못하도록 해라."

그제야 깊은 상관의 뜻을 알아차린 부관이 고개를 숙였다.

"예, 만인장!"

곧바로 만인장의 파오를 나선 부관은 경성 읍성의 너른 벌판에 세워진 파오들 중 한 곳으로 향했다. 그곳엔 만인장에게 거론했던 문제의 그 한족 무림인들이 머물고 있었다.

"험험!"

괜한 헛기침으로 자신이 찾아온 것을 알린 부관이 파오 안으로 들어섰다. 그러자 파오 안에 머물고 있던 6명의 날카로운 시선이 그를 향해 꽂혀 들었다.

이런 기분도 싫었다. 별것도 아닌 어린 한족 놈들의 시선이 마치 전신을 칼로 저미는 듯했기 때문이다.

"험험! 만인장의 명령이다. 포로들에게서 정보를 얻어 내라. 단, 포로들을 죽여서는 안 된다는 명이 계셨다."

그 불편한 느낌을 떨쳐 버리려는 듯 다시 한 번 헛기침을 하며 몽골어로 빠르게 말을 마치자 무림인들의 시선이 말끔하게 옥색 무복을 차려입은 청년에게 쏠렸다.

중인들의 시선을 한 몸에 받은 이의 이름은 남궁호중. 그는 별도의 긴 설명이 필요 없는 전통의 중원 오대세가 중 한 곳인 남궁세가의 차남으로, 은연중 이곳에 파견된 무림인들 중 정파인들의 중심이 되어 있는 자였다.

그가 마지못해 나서며 조금은 어눌한 몽골어로 물었다.

"포로? 지난 전투에서 잡은 포로에게서 말인가?"

"그렇다."

"무슨 정보를 얻으라는 말인가?"

남궁호중의 질문에 부관이 답했다.

"차후에 고려가 취할 대응에 대한 예상이나 확정된 군사 계획에 대한 내용이다. 그중 가장 중요한 것은 고려의 중앙군이 언제, 어떻게 움직일 것인가에 대한 정보다."

너무 길고 복잡한 말이었다. 자신의 짧은 몽골어로는 못 알아들을 정도로. 당황스런 표정의 남궁호중이 뒤를 바라보았다.

"이런, 역시 설 소협이 나서야겠소."

남궁호중의 말에 황색 무복차림의 청년이 웃으며 나섰다.
"알겠습니다. 제가 대화를 해 보지요."

설 소협이라 불린 사내는 절강성 항주에 위치한 절강설가의 설무지였다. 그의 가문인 절강설가는 이도류(利刀流)라는 고절한 절기뿐 아니라 박학다식하기로도 유명했다.

중원 지낭들의 산실로 이름을 떨치는 제갈세가나 모용세가와 비견되어 간혹 중원 3대 지가(智家)라 불리기도 할 정도였다.

그런 절강설가의 소가주인 설무지는 이곳에 파견 나온 무림인들 중 몽골어에 가장 능통한 자이기도 했다.

남궁호중의 권유에 따라 나선 설무지가 다시 묻고 들은 답을 다른 일행에게 설명하자 구석에 앉아 있던 이가 작게 투덜거렸다.

"정보나 캐라 이건가? 도끼로 나무젓가락을 만들라는 소리군. 우리의 능력을 잘 모르는 건 둘째치고 이용해 먹는 것도 제대로 못하는군. 흐흐."

투덜거린 이의 얼굴엔 버젓이 복면이 씌워져 있었다. 그것을 용인하고 있는 까닭은 그가 중원 최고의 살수 단체라는 살막의 일원이었기 때문이다.

거기다 그는 일급 살수였다. 정면 대결이라면 어찌 될지 모르겠지만, 살행이라면 성안에 머물고 있는 천인장 이상의 몽골 장수들의 목을 오늘 밤 안에 모조리 딸 수 있을 정도의 실력자였다.

그런 그의 말을 흑사방의 소방주인 마한길이 받았다.

"글쎄 말이다, 구한지. 이건 소 잡는 칼로 닭의 목을 치는 것도 아니고, 겨우 병아리 모이 주는 것에 쓰는 격이니…….
하지만 나쁠 것도 없지 싶다. 일부러 나가서 풀썩거려 봐야 힘만 들지 좋은 게 뭐가 있나? 그저 오랑캐들 싸움에 끼어서 나대는 꼴이지."

그의 말에 파오 한쪽에 조용히 앉아 있던 점창파의 일대 제자인 화중석과 개방의 오결 제자인 천추량의 고개가 끄덕여졌다.

마도인의 말에 동의한다는 것이 그다지 마음에 드는 것은 아니었지만, 그의 말이 틀리지 않았기 때문이었다.

더구나 그 둘은 가문이나 문파의 영달을 위해 적극적으로 참여한 남궁호중이나 설무지, 그리고 구한지와는 달리 자의에 의해 오게 된 것이 아니었기 때문에 이곳의 일에 더욱 냉소적이기도 했다.

"제길, 개봉이 그렇게 몽골 수중에 떨어지지만 않았어도 우리 거지들이 이런 일에 꾈 일은 없었는데. 에이!"

천추량의 투덜거림에 화중석이 조용히 말을 이었다.

"그러게 말이오. 구파일방의 다수가 몽골의 점령 지역에 위치하니 그 일을 어찌하겠소."

그들의 말대로 이 둘은 구파일방에 속한 다수의 문파들

이 위치한 지역이 몽골의 지배하에 놓이게 되자 몽골 황실의 압력을 받아 어쩔 수 없이 파견되어 온 것이었다. 때문에 비슷한 경우로 참가하게 된 흑사방의 마한길과 함께 일행들 중 가장 소극적이었다.

"여하간 시키는 대로 움직이긴 해야겠소."

설무지의 말에 무림인들이 주섬주섬 자리에서 일어섰다. 마음에 들지 않는 일이라곤 해도 자신들에게 내려진 사문의 명은 지엄한 것이었기 때문이다.

연신 투덜거리면서도 그들은 파오를 나서는 부관을 따라 포로들이 머물고 있다는 경성 읍성의 뇌옥으로 향했다.

❈ ❈ ❈

고려의 동북면방어군과의 전투에서 몽골인들이 잡은 포로는 모두 1백여 명에 이르렀는데 대부분이 중상을 입은 자들이었고, 비교적 부상 정도가 얕거나 온전한 이들은 그 수가 매우 적었다.

중상자들은 어찌 처리했는지 알 수 없었고, 그나마 부상 정도가 얕거나 온전한 이들을 성안에 있던 감옥에 가둬 두었는데, 그곳은 매우 어둡고 더러웠다.

몽골 병사들 자체가 포로를 인간적으로 대하지 않기 때문이기도 했지만, 고려군의 수중에 있을 때에도 긴 전란 통에 뇌옥의 관리가 제대로 이루어지지 않았던 탓이 컸다.

"형님, 이제 우린 어찌 되는 거유?"

어두운 공간을 울리는 울음 섞인 물음에 가라앉은 목소리가 답을 전해 왔다.

"글쎄, 살아남기는 어렵겠지. 말을 들으니 몽골 놈들은 포로를 살려 주는 일이 드물다고 들었다. 그리고 천운으로 살아남아 봐야 그들의 노예가 될 뿐이 라더구나."

가라앉은 목소리가 토해 놓은 말에 주변에서 숨죽여 흐느끼는 소리와 한숨 소리들이 뒤섞여 나왔다. 그런 그들 쪽으로 다가오는 발소리가 들려오자 조금 굵은 목소리가 어둠 속에서 흘러나왔다.

"모두 울음을 그쳐라. 고려의 병사들이 오랑캐인 몽골 놈들 앞에서 울었다는 수치를 남기지 마라."

그 굵은 목소리에도 감옥 안에서 흘러나오는 흐느낌은 좀처럼 줄지 않았다. 그러자 형님이라 불렸던 이의 가라앉은 목소리가 다시 들려왔다.

"장군의 말씀이 옳네. 모두 울음을 그치게. 적어도 저놈들이 좋아하는 꼴은 보지 말아야 하지 않겠는가?"

"그래, 의한 형님의 말이 맞아. 우리가 우는 모습을 보여 봐야 저놈들의 승리감만 더욱 높여 줄 뿐이라고. 자, 모두 그치자고."

형님이라 불렸던 의한의 말에 이은 한 포로의 거듭에 옥

사 안의 흐느낌이 점점 잦아들더니 종래엔 완전히 멈추었다.

그때 감옥 저편에서부터 횃불을 든 일단의 사람들이 나타났다.

그들은 방금 전에 부관과 함께 파오를 나선 중원의 무림인들이었다. 그들이 점점 다가오자 횃불에 의해 감옥 안의 모습이 드러났다.

짚이 어지럽게 깔려 있는 위에 아무렇게나 흩어져 있는 이들은 대략 20여 명. 그간의 고초를 입증하듯이 너덜거리는 옷들을 걸치고 있었다.

그중 대부분은 검은색과 흰색이 조화를 이룬 복장을 한 사람들이었는데, 그것은 후방 병참 물자 경비를 맡았던 순검낭장영 출신 병사들의 복장이었다.

그 외의 사람들은 몇 되지 않았는데, 순검낭장영의 병사들과 달리 같은 복장을 한 이들이 드물 정도로 원소속이 다양했다. 특이한 것은 그들 속에 의병이나 승병이 포함되어 있지 않았다는 것이다.

후일에야 알았지만, 의병과 승병들에게 당한 것이 많았던 몽골군이 사로잡은 의병과 승병을 모두 살해했던 까닭이었다.

포로들 중엔 장수나 입을 법한 내전포(內戰袍:갑주의 안에 걸쳐 입는 장포를 이름)를 걸친 이도 한 명 섞여 있었는데, 아마 이곳에 감금되며 겉에 입는 전포(戰袍:갑주를 말함)는 빼앗긴 듯했다.

뇌옥 앞으로 몽골군의 부관과 중원 무림인들이 다가서자 내전포를 걸치고 있던 장수의 입이 열렸다.

"무슨 일인가?"

굵은 목소리. 수치스럽지 않게 울음을 그치라 했던 바로 그 목소리였다. 유창하지 않았지만 장수의 또렷한 몽골어에 부관이 인상을 쓰며 말했다.

"냄새 하고는……. 네놈들을 다룰 자들을 데리고 왔다. 조만간 친하게 지내게 되겠지."

정확한 답을 하지 않고 자기가 할 말만 내뱉은 부관이 설무지를 향해 물었다.

"어떻게 할 텐가? 여기서 할 텐가, 아니면 다른 곳에 장소를 마련해 줄까?"

"여기는 너무 더럽군요. 다른 곳에 장소를 만들어 주었으면 좋겠소. 가능한 밝은 곳으로. 난 어두우면 일을 하기 싫어하는 성격이라 말이오."

젊은 놈의 건방진 말투에 눈가를 찌푸려졌으나, 대칸이 보낸 이들이니 일개 천인장의 신분에 불과한 그가 나서서 손을 댈 수도 없었다. 결국 옆으로 침을 뱉은 부관이 주변에 횃불을 들고 따라온 하급 무관에게 명을 내렸다.

"풰! 이놈들을 꺼내다 성안에 있는 창고 중 밝은 곳에 가

뒤라. 그리고 그 밖에 경비를 세우고."

"예, 천인장!"

크게 답하는 수하를 일별한 부관은 부리부리한 눈으로 설무지를 노려보며 씹어뱉듯 말했다.

"정보를 확실하게 알아내는 것이 좋을 것이다, 애송이. 그리고 죽이지 말라는 말도 반드시 기억하고."

"뭐, 노력해 보지."

여전히 건방진 표정으로 시큰둥하게 대답하는 상대를 사납게 노려봐 준 부관은 바람이 일 정도로 세차게 돌아서서는 뇌옥을 벗어났다.

그 모습을 바라보던 남궁호중이 조심스럽게 말했다.

"저자에게 너무 심하게 대하는 거 아니오? 몽골과 좋은 관계를 유지하기 위해 우리가 이곳에 온 이상 굳이 척을 질 필요는 없을 텐데 말이외다."

남궁호중의 걱정스런 말에 설무지는 별것 아니라는 듯 어깨를 으쓱였다.

"별로. 일개 천인장과 척을 졌다 해서 문제될 것은 없다고 봅니다만."

"그렇긴 하겠소만, 좋은 게 좋은 거 아니겠소."

"뭐, 그럼 다음부턴 그러도록 노력해 보지요."

중원의 무림인들이 저희들끼리 이야기를 나누는 동안 몽골의 병사들은 고려의 포로들을 거칠게 끌어내 모으더니

다른 곳으로 끌고 갔다. 그 모습에 말문을 닫은 중원의 무림인들이 그 뒤를 따라 움직였다.

 그렇게 걷기를 잠시, 조금은 밝은 곳에 위치한 창고에 도착한 몽골 병사들은 고려군 포로들을 모조리 그 안에 가두었다. 그 뒤를 따라 무림인들이 들어가자 그들은 혐오스럽다는 표정으로 여러 가지 고문 도구를 들여 준 후, 문을 닫고 경계를 섰다.

 잠시 후, 그렇게 경비를 서는 몽골 병사들의 코로 살이 타는 역겨운 냄새가 흘러들고, 비명 소리가 귀를 울려 왔다.
"야비한 한족 놈들."

 불편한 심기를 표출하듯 내뱉는 몽골 병사의 짜증 어린 음성 뒤로 여전한 비명이 뒤섞여 흘러나왔다.

7권에 계속

1~2권 절찬 판매 중!!

모든 것을 잃고 세상을 등졌던 태찬.
힘을 얻어 돌아온 그가
용서를 모르는 Red Devil이 되어
얼크러진 세상의 질서를 바로잡는다!

www.mayabook.co.kr

www.mayabook.co.kr